Leidenschaftliches Verlangen

Pepe Luisa

AF205287

Ida bog um die Ecke und verfluchte sich gleich, dass sie nichts Wärmeres angezogen hatte. Dieses Jahr war der Winter früher angebrochen und die eiskalte Luft durchdrang ihre Jacke. Ein paar Schritte und sie schlüpfte in die kleine Bar. Die Lichter waren hier gedämmt und eine sanfte Musik erklang. Sie setzte sich an einen der runden Tische und bestellte einen Cappuccino. Während sie von dem warmen Kaffee trank, durchfuhr sie ein Kribbeln und augenblicklich fühlte sie sich beobachtet. Sie schaute sich um, zwei Herren lächelten und winkten ihr zu. Sie erkannte in ihnen Sergio und Sandro und winkte zurück.

Letzte Woche bei der Benefizveranstaltung war sie Sergio aus dem Weg gegangen, sie versteckte sich, um nicht von ihm gesehen zu werden. Sergio war und blieb ihre Schwäche. Vor vier Jahren hatte er ihr gestanden, dass er sie liebe, zu diesem Zeitpunkt war ihr Leben jedoch ein totales Desaster gewesen. Ihre Ehe war in die

Brüche gegangen und die Menschen um sie hatten nichts Besseres zu tun, als über sie zu tuscheln und Gemeinheiten in die Welt zu setzen. Die Vernissage langweilte sie ohnehin und das Getuschel hinter ihrem Rücken und die schiefen Blicke gingen ihr allmählich auf die Nerven. Deswegen schlich sie sich bald davon. Ihr Vater hatte sie überzeugt mitzugehen, denn solche Veranstaltungen seien für das Geschäft von Vorteil.

Nun schaute sie Sergio von der Seite an und was sie sah, hatte sie auch schon vor vier Jahren erkannt: Dass Sergio ein anziehender Mann war und die Frauen ihm bestimmt zu Füßen lagen. Sie hielt das alles nicht mehr aus und war nach Mailand gefahren. Ihre Gedanken wanderten zurück.

Vier Jahre zuvor ...

„Ida, ich empfinde für dich mehr als Freundschaft. Und ich glaube, dass du ebenfalls mehr für mich fühlst, lass uns zusammensein."

„Du verstehst mich nicht, ich halte es nicht aus in dieser Stadt, ich habe die Nase voll, wo ich auch hingehe, wird über mich gelästert. Ich bin nicht so stark, wie du denkst, ich gehe nach Mailand und werde dort neu beginnen."

„Wir wissen beide, dass das, was sie über dich sagen, nicht wahr ist. Hauptsache, wir bekämpfen es gemeinsam."

„Es tut mir leid, ich kann das nicht, ich werde gehen."

„Ist dir wichtiger, was die Gesellschaft über dich denkt, als glücklich zu sein, Ida? Ist das wirklich dein Ernst!?"

„Sergio, ich liebe dich. Allerdings bekommt man im Leben nicht immer das, was man will."

Es wurde Zeit, dass sie nachhause ging, auf sie wartete ein gemütliches Wohnzimmer, ihr offener Kamin, hatte sicher seine Arbeit geleistet und die Wohnung behaglich erwärmt. Sie nahm ihre Jacke vom Stuhl und wollte bei der Kellnerin bezahlen, doch diese winkte ab und zeigte mit der Hand auf die zwei Herren an der Theke, die den Betrag bereits beglichen hatten. Sie winkte ihnen zu, formte mit dem Mund ein „Danke" und ging zum Ausgang.

Draußen schaute sie sich nach einem Taxi um und hörte plötzlich, wie jemand ihren Namen rief: „Ida, können wir dich nachhause fahren?" Erschrocken wirbelte sie herum und kam gar nicht dazu zu antworten, da sie hochgehoben wurde und sich in den Armen von Sergio wiederfand. Er lief mit ihr zu seiner Limousine und setzte sie hinein.

Das konnte doch nicht wahr sein! Sie versuchte zu sprechen, es kam jedoch keine Silbe aus ihr heraus.

„Ida, du bist stur wie ein Maulesel, bis du ein Taxi gefunden hättest, wärst du längst eingefroren wie ein Eisstiel."

„Ich kann auf mich selbst aufpassen, du Pflaume."

„Ich sage ja nicht, dass du auf dich nicht

aufzupassen vermagst! Dennoch sieht man, dass du keineswegs vernünftig bist. Ich müsste dir den Po versohlen, dann würde er nachher die gleiche Farbe haben wie dein Gesicht."

„Hey, ich bin kein Kind mehr, du sprichst mit einer erwachsenen Frau."
Die Limousine bog langsam in eine Nebenstraße ein und hielt vor ihrem Apartment. Sergio stieg aus, umrundete das Auto und ließ sie aussteigen. Sie bedankte sich und eilte zu ihrem Eingang, wo sie den Schlüssel ins Schloss steckte und die Tür öffnete. Doch bevor sie diese hinter sich schloss, warf sie einen letzten Blick auf die Straße und sah die Limousine sich wieder in den Verkehr einfädeln.
Sie brauchte kein Licht einzuschalten, weil sie im Wohnzimmer die Tischlampe hatte brennen lassen, damit, wenn sie nachhause kam, die Einsamkeit sie nicht überwältigen würde. Sie hängte ihre Jacke auf und ersetzte ihre Stiefelchen durch Hausschuhe. Dann ging sie direkt

in die Küche zum Kühlschrank und nahm sich die angefangene Rotweinflasche heraus. Sie schenkte sich ein halbes Glas ein und schaute aus dem Küchenfenster auf den leuchtenden Vollmond, während sie einen Schluck der roten Flüssigkeit zu sich nahm. Obwohl in ihrer Seele ein Sturm tobte, ging sie ins Wohnzimmer. Sie wollte sich das Bankdossiers vornehmen, um die Dokumente zu prüfen. Ihr war es ein Rätsel, wie das Geld vom Geschäftskonto hatte verschwinden können.

Bevor sie zur Vernissage gegangen war, hatte sie die Unterlagen auf den Couchtisch gelegt, doch jetzt, da sie sich diese anschauen wollte, lagen sie nicht mehr dort. Sie blinzelte noch einmal hin: nichts als totale Leere. In ihrem Kopf formte sich die Frage, was geschehen war, warum die Papiere nicht mehr dort waren. Das Stirnrunzeln half ihr jedoch nicht, sie würde höchstens Falten davon bekommen. Möglicherweise hatte sie die Unterlagen anderswo hingelegt und sie erinnerte sich nicht mehr daran, deswegen ging sie ins Schlafzimmer, um auf dem Nachtisch nachzuschauen, aber dort waren sie auch nicht. Was sollte sie jetzt tun? Sie musste bis morgen warten, wenn sie wieder ins Büro käme.

Sie gähnte vor sich hin, trank ihr Glas aus und schlenderte ins Bad, dort schminkte sich ab, putzte die Zähne und cremte sich das Gesicht ein, dann lief sie ins Schlafzimmer. Nachdem sie sich bis zum Kinn zugedeckt hatte, vermochten sich ihre Augen jedoch nicht zu schließen. Sergio benebelte ihr alle Sinne. Ja, sie sah ihn deutlich vor sich mit seinen dunkelblonden Haaren, dem frechen Lächeln und seinen braunen, glitzernden Augen.

Irgendwann schlief sie dann doch ein – bis ein unsagbarer Lärm sie weckte, es war der altbekannte Wecker, den sie am liebsten an die Wand geschmissen hätte. Sie stand auf, bereitete sich einen Kaffee und ging, nachdem sie die schwarze Flüssigkeit mit etwas Milch getrunken hatte, unter die Dusche.

Beim Anziehen entschied sie sich für Jeans und Bluse, weil sie heute keine Außentermine hatte. Sie nahm von der Küchentheke ihr Handy und ging zur Tür, sie schaute auf die Uhr an ihrem linken Handgelenk. Sie musste sich beeilen, sonst käme sie zu spät ins Büro, ihr Vater erwartete sie um neun Uhr.

Sergio stand vor dem Spiegel und setzte die Klingel an, um sich zu rasieren. Dabei musste er sich konzentrieren, damit er sich nicht schnitt. Seine Gedanken waren bei Ida, das kleine Biest hatte ihn tatsächlich gestern „Pflaume" genannt. Ihre grünen Augen und die roten, langen, lockigen Haare benebelten ihm alle Sinne. Er musste sich unbedingt von ihr fernhalten, sonst würde er noch durchdrehen. Er würde sie am liebsten auf den Schulter herbeitragen und in sein Bett legen.

Nach zwanzig Minuten war er rasiert und angezogen, doch bevor er zum Sideboard lief, um sich die Autoschlüssel zu nehmen, warf er einen letzten Blick in den Spiegel und sah, dass er sich einen kleinen Schnitt zugezogen hatte. Er schlenderte zur Haustür und schloss sie hinter sich. Dann fuhr er mit dem Fahrstuhl zur Tiefgarage, um seinen Wagen zu holen. Er stieg ins Auto und fädelte sich in den morgendlichen Verkehr ein, um ins Büro zu kommen. Er betrieb zusammen mit seinen zwei Brüdern und seinem Freund eine Privatdetektei, sie übernahmen Aufträge von der Überwachung bis zum Personenschutz und der Aufdeckung von Affären im Dienst betrogener Ehefrauen. Er eilte in den Vorraum des Büros und sah seine zwei Brüder und Sandro gerade neben der Kaffeemaschine stehen und grinsen.

„Hey Jungs, was gibt es da zu lachen?"

„Oh nichts, Sandro hat uns bloß

erzählt, dass die kleine süße Ida dich Pflaume genannt hat."

„Jaja, das Biest, sie wäre mit größter Wahrscheinlichkeit, wenn wir sie nicht mitgenommen hätten, zu einem Eisklotz geworden, bis ein Taxi gekommen wäre."

„Du, Sergio, da wir gerade bei dem Thema sind, Idas Vater hat vor fünf Minuten angerufen, er will dich dringend sprechen."

„Weißt du, um was es geht, Roberto?"

„Er hat nur erwähnt, dass er einen Auftrag für uns hat."

„Ich rufe ihn am besten gleich zurück … Hallo, Tomaso, wie geht es dir? Mir haben die Jungs gerade gesagt, dass du angerufen hast und es dringend sei."

„Ciao, Sergio, ja, es geht mir einigermaßen gut. Wenn ich nicht ein derartiges Problem hätte, wäre es noch besser. Und wie geht es dir?"

„Kann nicht klagen, ebenfalls gut. Was belastet dich, Tomaso?"

„Es handelt sich um das Geschäftskonto unserer Immobilienagentur, es verschwindet dort Geld. Ich muss das dir persönlich zeigen, am Telefon ist es schwierig zu erklären. Ich brauche dich, weil ich keine Ahnung habe, was da geschieht. Hast du Zeit, zu mir in die Agentur zu kommen?"

„Wenn du möchtest, ich habe im Moment nichts zu tun, ich kann in einer halben Stunde bei dir sein."

„Oh, das ist ausgezeichnet, dann bis gleich."

Sergio legte den Hörer ab und griff zu seinem Handy und den Autoschlüsseln. Beim Durchqueren des Vorraums sah er Danilo und Roberto noch beim Kaffeetrinken und teilte ihnen mit, dass er zu Tomaso gehe, dann eilte er aus dem Büro zu seinem Auto.

Bei der Agentur angekommen, stellte er seinen Wagen auf dem Parkplatz ab und begab sich in das Gebäude, er nahm den Fahrstuhl und drückte den Knopf zum zwölften Stockwerk. Als die Aufzugtüren sich öffneten, stand Tomaso bereits am Empfang und erwartete ihn.

„Ciao, Sergio, gehen wir in mein Büro,

ich habe beauftragt, das Telefon umzuleiten, damit wir ungestört sprechen können."

„Hallo, Tomaso."

An seine Sekretärin gewandt sagte Tomaso: „Serena, Ida wird gleich hier sein, sag ihr, sie soll in meinem Büro vorbeikommen – und bringst du uns bitte einen Kaffee?"

Oh Gott, sieht dieser Kerl gut aus! „Ja Herr Tomaso ich komme gleich mit dem Kaffee."

„Oh je, Tomaso, was ist los, dass du unsere Hilfe benötigst?"

„Das Problem ist, dass von unserem Geschäftskonto Geld verschwindet und wir nicht wissen, wie das geschehen kann, denn die Zugangsberechtigung haben ausschließlich ich und Ida."

„Hast du dich bei der Bank erkundigt? Haben die eine Ahnung, wie das möglich ist, dass jemand dein Konto plündert?"

„Ja, ich habe mit dem Leiter der Bank gesprochen, sie können sich nicht vorstellen, wie das machbar wäre ohne die Zugangsdaten."

„Hm, wer will dir schaden? Hast du jemanden entlassen oder kann es ein Konkurrent von dir sein?"

„Gefeuert habe ich niemanden und Gegner habe ich zwei. Wir kommen uns jedoch nie in die Quere. Vor sechs Monaten hatte ich mit einem von ihnen verhandelt wegen eines Gebäudes und es verlief überaus positiv für beide von uns."

Es klopfte an der Tür und er hoffte, dass es Ida wäre, denn er freute sich darauf, sie wiederzusehen. Die Tür ging auf und vor ihm standen Ida und Serena mit dem Kaffee. Ida trug Jeans und eine smaragdgrüne Bluse. Ihre roten Locken umrahmten ihr ovales Gesicht. Sie sah zum Anbeißen aus. Er fragte sich, ob er die nächsten Stunden überleben würde in ihrer Nähe.

Serena lief voraus mit dem Kaffee. Sobald Ida Sergio sah, begann ihr Herz zu rasen, als wäre sie einen Marathon gelaufen. Ihr erster Gedanke war, wie sie es zum Schweigen bringen könnte, und der zweite: Was zur Hölle macht er hier!

„Hallo, guten Morgen, Ida, Serena, danke für den Kaffee", sagte Tomaso.

Ida schaute hin und her zwischen ihrem Vater und Sergio und brachte keine Silbe heraus. Sie hätte gerne eine Erklärung gehabt, warum Sergio hier war. Als sie endlich das erste Wort auf der Zunge hatte, wurde sie von ihrem Vater unterbrochen und schluckte es hinunter.

„Ida, ich habe Sergio den Auftrag gegeben herauszufinden, wer uns beraubt, wir kommen mit der Bank nicht voran. Du kannst ihm ja das Dossier geben."

Lieber Papa, muss es denn wirklich Sergio sein, der mich um meinen Schlaf bringt und mich in den Wahnsinn treibt!
„Sergio, ich werde ab morgen auf Geschäftsreise sein für die nächsten zwei Wochen. Ich fahre heute Abend weg, ich bin auf dem Handy erreichbar. Ida bleibt hier und du kannst es ihr sagen, wenn du irgendwas herausbekommst. Ich gehe die Post durch und beantworte kurz die

E-Mails und danach gehe ich nachhause. Meine Frau kommt mit, damit ich nicht allein reisen muss."

„Tomaso, mach dir keine Sorgen, ich werde zusammen mit meinen Brüdern und Sandro ermitteln. Ich wünsche dir eine gute Reise."

Sie lief vor ihm her zu ihrem Büro. Als sie dort ankamen, nahm er auf dem Besucherstuhl Platz. Sie setzte sich hinter ihren Schreibtisch und nahm das Dossier zur Hand. Bevor sie zu ihrem Vater gegangen war, hatte sie Serena gebeten, die Unterlagen auszudrucken, und diese hatte sie ihr auf den Schreibtisch gelegt.

„Ida, gedenkst du mir das Dossier noch in diesem Jahrhundert zu geben?"

„Oh sorry, Sergio, ich dachte darüber nach, was ich heute noch alles erledigen soll."

„Ida, Ida, du lügst mich glatt an, du warst mit deinen Gedanken anderswo, sicher nicht bei dem, was du heute erledigen musst. Verheimlichst du mir irgendwas?"

„Du bist ein derartiger Mistkerl und das weißt du haargenau, wenn du mir mit deinen braunen glitzernden Augen die Kleider vom Leib ziehst!"

„Erstens habe ich es nicht nötig, dir etwas zu verschweigen, und zweitens, welche Flausen hast du da im Kopf, bilde dir bloß nichts ein."

„Bist du immer so zickig oder nur in meiner Anwesenheit?"

„Fahr zur Hölle, Sergio Ferlani!"

„Ah ja, Ida Giametti, sprechen wir also über das Wesentliche. Hast du eine Ahnung, wer es sein könnte, der euer Konto plündert?"

„Wenn ich das wüsste, würde ich es sicher nicht für mich behalten und du wärst nicht hier!"

„Und vermag dein Exmann Paolo möglicherweise etwas damit zu tun zu haben?"

„Ich kann es mir nicht vorstellen, aber die Hände ins Feuer würde ich für ihn auch nicht legen."

„Ich werde ihn unter die Lupe nehmen, wenn nichts ist, können wir ihn ausschließen."

„Kannst du mir schon am Abend berichten, was ihr herausgefunden habt?"

„Das kann ich dir jetzt auf Anhieb nicht sagen. Ich könnte aber um achtzehn Uhr bei dir vorbeikommen. Bist du dann noch im Büro?"

„Ich werde um diese Zeit hier sein, da mein Vater weg ist, habe ich noch einiges zu organisieren."

„Dann also bis später, ich gehe in die Detektei und wir legen los mit den Ermittlungen."

„Okay, Sergio, ich wünsche dir einen schönen Tag, bis heute Abend."

„Das wünsche ich dir ebenfalls, ciao." Woraufhin er aufstand und aus dem Zimmer in Richtung Fahrstuhl ging. Diese ganze Angelegenheit bereitete ihm schon jetzt Kopfschmerzen und er hatte nicht einmal angefangen mit den Ermittlungen.

Er parkte sein Auto vor der Detektei und ging zum Bäcker nebenan, wo er für sich und die Jungs Sandwiches kaufte. Als er ins Büro kam, war Robert am Telefon, während Danilo und Sandro ihn mit glitzernden Augen anschauten. Er fragte sich, was die wohl hatten, es konnte unmöglich mit dem neuen Auftrag zusammenhängen. Auf einmal ging ihm ein Licht auf: Es waren die Sandwiches in seinen Händen. Roberto legte den Hörer auf und rief alle drei am runden Tisch zusammen. Während sie die Brötchen aßen, erzählte er ihnen von dem Auftrag.

Ida war derart vertieft darin, die Korrespondenz zu bearbeiten, dass sie das Klopfen an der Tür nicht hörte. Sie schaute auf die Wanduhr, diese zeigte achtzehn Uhr. Sergio kam herein.
„Ich bin gespannt, was hast du herausbekommen? Ah, entschuldige, ciao überhaupt erst einmal, bitte setz

dich."

„Hallo, Ida, bis jetzt wissen wir nichts Konkretes. Es ist gerade einen halben Tag her, dass wir dran sind. Wir durchleuchten eure Mitarbeiter und die Angestellten der Bank. Dein Exmann hat eine saubere Weste, bei unseren Ermittlungen konnten wir nicht herausfinden, dass er möglicherweise damit etwas zu tun hat. Du siehst blass aus, hast du heute schon etwas gegessen, Kleines?"

„Nein, ich hatte eine Menge zu tun und habe es total vergessen, jedoch jetzt, da du es erwähnst, könnte ich eine Winzigkeit für meinen Magen vertragen."

„Ich eigentlich auch. Weißt du was, wir gehen zur Pizzeria, was meinst du? Nachher fahre ich dich nachhause."

„Hm, ausgezeichnete Idee, ich räume den Schreibtisch auf und dann können wir los."

Er fuhr durch die Innenstadt, bog in eine Gasse ein und fand sofort eine Lücke, wo er parken konnte. In der Pizzeria boten sie Holzofenpizzen an und sie nahmen jeder eine. Die Tische waren alle besetzt, deshalb beschlossen sie, das Essen in Idas Wohnung einzunehmen. Sergio stellte den Wagen ab und beim Aussteigen übergab sie ihm die Hausschlüssel, weil es schwierig war, gleichzeitig die Pizzas zu tragen und die Tür zu öffnen. Sie gingen zum Fahrstuhl und fuhren bis ins fünfzehnte Stockwerk. Nachdem sich die Aufzugtüren geöffnet hatten, machte Ida ein Schritt vorwärts, jedoch wurde sie von Sergio am Arm zurückgehalten und er zog sie hinter sich. Erschrocken und perplex schaute sie ihn an und verstand die Welt nicht mehr.

„Spinnst du, was ist los?"

„Eine Frage, hast du heute Morgen deine Wohnungstür abgeschlossen?"

„Du bist wirklich nicht ganz dicht, ist wohl eine neue Art der Anmache. Mensch, ich hab Hunger, hör auf mit solchen Spielchen!"

„Ich spiele nicht, bei dir hat man eingebrochen, die Tür ist einen Spalt weit offen. Ich weiß nicht, ob sich noch jemand drin befindet, deswegen bleib zurück."

Bevor er weiterging, nahm er hinter dem Rücken seine 38-er Sig heraus und näherte sich langsam der Wohnungstür.

„Bist du immer mit einer Handfeuerwaffe unterwegs?"

„Nein, aber meistens, das gehört zum Beruf. Und jetzt sei still!"

Er ging ein paar Schritte auf die Tür zu und spitzte die Ohren, aber er hörte keine Geräusche und öffnete. Er schaute sich um und was er dann sah, erschreckte ihn. Die Sofakissen waren zerfetzt und vor der Schrankwand lagen Bücher auf dem Boden. Als er zur Seite schaute, sah er an der Wand das rote geschriebenen. Er hatte vergessen, dass sie hinter ihm war, jetzt drehte er sich um und sah in ihr aufgelöstes, tränenüberströmtes Gesicht. Er umarmte sie und brachte sie schnell aus der

Wohnung.

Sie stiegen in den Fahrstuhl und fuhren ins Erdgeschoss zurück, dann stiegen sie in den Wagen. Er nahm sein Handy heraus und telefonierte mit seinem Freund Kommissar Flavio, der sich gerade im Polizeirevier befand. Nachdem er mit ihm gesprochen und dieser zugesichert hatte, dass er in ein paar Minuten zusammen mit den Kollegen von der Spurensicherung bei ihnen sein würde, schaute er Ida an. Er sah, dass sie nicht mehr weinte, aber jetzt die Hände vor dem Gesicht hielt. Er wählte die Nummer von Robert und Sandro und erzählte ihnen kurz, was geschehen war. Er bat beide, zu kommen.

Sie erschienen alle gleichzeitig: Sandro, Flavio und die von der Spurensicherung. Sie gingen nach oben in die Wohnung. Allerdings wollte Sergio Ida nicht allein lassen, er mochte ihr aber auch nicht zumuten, es noch einmal zu sehen. So blieb Roberto bei ihr im Auto.

Während sie im Fahrstuhl ins fünfzehnte Stockwerk fuhren, setzte Sergio die anderen über die Einzelheiten, die er gesehen hatte, in Kenntnis, vor allem darüber, was an die Wand geschrieben worden war. Er informierte Flavio, dass er für Tomaso und Ida ermittle, und darüber, um was dabei gehe. Er wusste selbst nicht, ob die beiden Ereignisse in einem Zusammenhang standen.

In der Wohnung angekommen, ließ er die Spurensicherung ihre Arbeit tun. Sobald sie mit dem Schlafzimmer fertig waren, nahm er aus Idas Kleiderschrank eine Sporttasche heraus und legte ein paar Kleider hinein. Sie hatten die Blusen und Hosen von ihr zerfetzt und auch ihr Plüschteddybär hatte es nicht überlebt.

„Du, Sergio, Ida muss die Anzeige gegen unbekannt unterschreiben und uns noch sagen, ob etwas fehlt."

„Ja, Flavio, im Moment ist sie aber dazu nicht in der Lage, sie hat den

24

ganzen Tag nichts gegessen und wird hundemüde sein, der Schock hat ihr den Rest gegeben. Ich nehme sie mit zu mir und morgen kommen wir wieder hierher und danach zu dir ins Kommissariat. Ich glaube, dass sie vorerst bei mir bleiben wird, damit ich sie besser beschützen kann, zumal wir auch nicht wissen, mit wem wir es zu tun haben. Wie ich sie kenne, wird sich sträuben, aber sie hat keine andere Wahl."

„Keine Sorge, morgen ist auch noch Zeit, ich glaube, in einer solchen Situation wäre jeder erschüttert. Wir beenden dies noch hier, geh du mit Ida nachhause. Morgen kann ich dir etwas mehr sagen."

„Wünsch euch einen schönen Abend. Sandro, wir sehen uns erst am Nachmittag im Büro, durchleuchte mal weiter die Bank und ihre Mitarbeiter."

„Ciao, Sergio, wir wünschen dir einen gemütlichen Abend."

Wieder unten angekommen, sah Sergio, dass Roberto neben der offenen Autotür eine Zigarette rauchte. Er verabschiedete sich von ihm und stieg in seinen Wagen. Er warf die Tasche hinter den Sitz und setzte sich auf die Fahrerseite neben Ida.

„Hör mal, Kleines, am besten fahren wir in meine Wohnung, ich habe dir ein paar Kleider eingepackt und du bleibst vorerst bei mir, denn wir wissen nicht, mit wem wir es zu tun haben. Morgen kommen wir hierher zurück und du schaust nach, ob sie etwas mitgenommen haben. Danach schicke ich jemanden, um es sauber zu machen. Und dann fahren wir zu Flavio für die Aussage. Oje, dein Gesichtsausdruck spricht Bände, du kannst nicht in die Wohnung und auch nicht ins Hotel, wie soll ich dich da schützen? Hast du darüber nachgedacht, ob wenn sie die Bedrohung ernst meinen?"

„Nein, hab ich nicht, aber ich brauche meine eigenen vier Wände."

„Leider musst du dich mit meinem Gästezimmer begnügen und die restlichen

Räume mit mir teilen."

Die Wahrheit war, dass sie endlich weinen wollte, ohne dass er sie hörte. Und der Gedanke, dass sie mit ihm in derselben Wohnung sein würde, bescherte ihr einen Schweißausbruch. Oder lag es eher daran, dass sie bis jetzt nichts gegessen hatte? Ja, leider sagte er ihr über die Bedrohung an der Wand die Wahrheit, sie hoffte, dass alles bald ein Ende nehmen würde.

Er legte den Gang ein. Da es nach ein Uhr morgens war, waren die Straßen leer und sie kamen schnell vorwärts. Nach knapp ein paar hundert Metern bog er um die Ecke und hielt vor seinem Haus. Sie stiegen gleichzeitig aus und er nahm die Sporttasche hinter dem Sitz heraus. Dann gingen sie ins Haus und er führte sie geradewegs die Treppe hoch zu ihrem Schlafzimmer. Dort stellte er ihre Tasche auf einen Stuhl.

„Ida, geh erst mal unter die Dusche, ich gehe nach unten die Pizzas aufwärmen."

„Ich hab keinen Hunger, will nur ins

Bett."

„Kleines, etwas essen musst du und eine warme Dusche tut dir auch gut, dann kannst du besser schlafen."

„Du hörst nicht zu, ich will nicht!"

„Glaub mir, du willst."

„Reicht dir nicht, was ich heute alles durchmachen musste, willst du mich jetzt auch noch stressen, spiel bitte ein andermal den Macho."

„Du wirst jetzt unter die Dusche gehe oder ich setze dich darunter, Ida, deine Entscheidung, ich habe Zeit."

„Du bist so ein selbstgefälliger Mistkerl!"

„Ida, ich sag es dir nicht noch einmal, zieh dich aus und geh unter der Dusche."

Sie ging rückwärts und nach einem Schritt stieß sie an die Badezimmertür. Er kam ihr immer näher und plötzlich stand sie nur mit Push-up-BH und Slip bekleidet da. Wie er sie im Bruchteil eine Sekunden hatte ausziehen können, war ihr ein Rätsel. Sie sah in seine glitzernden Augen und er schob sie weiter ins Bad hinein.

„Ida, brauchst du Hilfe oder ziehst du dir endlich deine Unterwäsche alleine aus!"

„Dann geh aus dem Badezimmer, ich bin ein großes Mädchen kann mich selber waschen."

„Aber ich gehe nicht, bevor du den Rest ausgezogen hast und ich zähle genau bis drei und wenn dies bis dahin nicht geschehen ist, würde ich nicht in deiner Haut stecken wollen. Eins, zwei … und drei."

Innerhalb von einer Sekunde stand sie in der Duschkabine und es prasselte ein eiskalter Wasserstrahl auf sie herab. Als sie klitschnass wie ein Pudel aussah, drehte er den Wasserkopf auf lauwarm.

„Jetzt bist du bereit, um alleine weiterzuduschen. Ach ja, vergiss nicht die Unterwäsche auszuziehen. Ich gehe in der Zwischenzeit etwas auf die Teller zaubern.“

  „Du … du Elefantenarsch, Mistkerl, du!“

„Hahaha, ja, damit habe ich
gerechnet, dass so etwas aus
deinem süßen Mund
herauskommt. Ich wünsch dir eine
wohltuende Dusche, bis gleich,
hahaaaaa!“
Er ging nach unten in der Küche und
fand, dass ihnen die Pizzas um diese
Zeit schwer auf dem Magen liegen
könnten. Daher nahm er aus dem
Kühlschrank Käse und Schinken
heraus, setzte den Wasserkocher für den
Tee auf den Herd und während das
Wasser zu kochen begann, schnitt er das
Brot in Scheiben, dann stellte er alles
auf dem Tisch, zusammen mit ein paar
Früchten.
Er konnte sich gut vorstellen, dass
sie nicht nach unten kommen würde,
und das sicher nicht, weil sie kein
Hunger hatte, sondern aus Trotz. Er
drehte sich gerade um, um nach ihr
zu sehen, da stand sie schon vor ihm.

„Es hat dir die Dusche scheinbar wohlgetan, deinem Lächeln nach zu schließen."

„Ja, es war tatsächlich gut, es hat meine Muskeln entspannt."

„Siehst du! Komm, setz dich an den Tisch, ich dachte, die Pizzas würde uns um diese Uhrzeit schwer auf dem Magen liegen, und habe das hier vorbereitet."

„Hm, das glaub ich auch, aber das, was du da auf den Tisch gestellt hast, ist ebenfalls viel."

Nach einer Scheibe Brot mit Schinken und einem Stückchen Käse und ein paar Trauben war sie pappsatt. Sergio aß drei Schnitten Brot und biss in einen Apfel, während sie den Tisch abräumten und das Geschirr in die Geschirrspülmaschine stellten. Danach gingen beide in ihre Schlafzimmer.

Ida zog sich ein Nachthemd an und schlüpfte ins Bett, auf dem Rücken liegend schaute sie hoch zur Decke. Gleichzeitig hörte sie das Geräusch von plätscherndem Wasser, das aus dem Bad kam. Er duschte gerade. Ihre Fantasie ging weit hinaus, sie stellte sich seinen muskulösen, nassen, nackten Körper vor. Doch im selben Augenblick kam ihr das Bild ihrer böse zugerichteten Wohnung vor Augen und Tränen kullerten ihr Gesicht herunter, die sie mit ihrem Nachthemdärmel wegwischte. Sie fühlte sich einsam und allein. Jemand wollte ihr schaden, obschon sie keiner Menschenseele Leid zugefügt hatte. Wenn sie sich an den Satz an der Wand erinnerte, bekam sie Gänsehaut: *„Du wirst sterben, elende Schlampe"* hatte da gestanden. Und wieder wischte sie sich die Augen mit ihrem Ärmel ab, bald würde sie ihn auswringen können, so feucht er war. Sie hätte am liebsten den Kopf ausgeschaltet, leider gab es keinen Knopf dafür. Sie hörte, wie das Wasser abgestellt und die Badezimmertür aufgeschlossen wurde. Vielleicht sollte sie die Schafe zählen, um einzuschlafen.

Sergio stand in der Dusche und dabei

gingen ihm die Gedanken an das heutige Geschehen nicht aus dem Kopf. Nachdem er sich gewaschen hatte, ging er endlich zu Bett. Vor Müdigkeit konnte er kaum noch die Augen offen halten. In seinem Schlafzimmer zog er sich die Boxershorts und ein ärmelloses T-Shirt an und glitt unter die Bettdecke. Er stellte an seinem Handy die Weckzeit ein, so dass er morgen Serena, der Sekretärin von Ida, Bescheid geben konnte, dass sie erst am Nachmittag kommen würden. Danach schlief er sofort ein.

Um acht Uhr wurde er von seinem Handy geweckt. Am liebsten hätte er sich wieder umgedreht, aber die Pflicht rief, daher stand er auf. Er ging kurz ins Bad und danach nach unten in die Küche, wo er sich einen Kaffee zubereitete. Unterdessen telefonierte er mit Idas Büro. Er war dabei weiterhin barfuß. Es war fast neun Uhr und er würde sie gleich wecken gehen.

Nachdem sie gefrühstückt hatten, fuhren sie zu Idas Apartment. Ida saß still im Auto, es würde nicht einfach für sie werden. In der Wohnung räumten sie die kaputten Sachen zum Entsorgen in Säcke. In der Zwischenzeit schaute sie, ob etwas fehlte unter den Sachen, die sie nicht zerstört hatten. Inzwischen telefonierte Sergio mit der Putzfirma und fragte, wann sie jemanden schicken könnten, um sauber zu machen.

„Ida, ist alles in Ordnung?"

„Ja, sie haben nichts gestohlen, mein ganzer Schmuck ist noch hier."

„Das ist seltsam, das waren keine Einbrecher, sie suchten nach etwas anderem, aber wonach? Und sie wollten dir Angst einjagen, meine Frage ist weshalb?"
„Du, mir ist etwas total entgangen. Als du mich vorgestern nachhause gebracht hast, wollte ich, bevor ich zu Bett ging, das Dossier mit den Dokumenten der Buchhaltung lesen. Ich hatte es, bevor ich

zur Vernissage ging, auf den Couchtisch gelegt, aber als ich es nehmen wollte, lag es nicht mehr auf dem Tisch. Ich habe es nachher am Morgen erneut von Serena ausdrucken lassen. Ich dachte mir nichts dabei und glaubte, es würde wieder auftauchen, aber jetzt weiß ich nicht genau, ob sie das nicht gesucht und auch gefunden haben."

„Das ist gut möglich, doch die Frage ist, weshalb kommen sie einen Tag später, verwüsten deine Wohnung und bedrohen dich."

„Keine Ahnung, warum und wieso."

Als die Putztruppe eingetroffen war, fuhren sie zum Kommissariat.

„Ciao, Flavio."

„Hallo, ihr beiden, wie geht es dir, Ida?"

„Ja, es geht, entsprechend den Umständen, ich gehe mal die Anzeige bei deinem Kollegen unterschreiben und lasse euch Jungs alleine sprechen."

„Und, Flavio, habt ihr eine Spur gefunden?"

„Leider nicht, sie haben keine hinterlassen."

„Ich hoffe, dass meine Jungs etwas herausgekriegt haben, es wird langsam extrem abartig."

„Wir werden weiterermitteln, bloß ist das schwierig ohne Anhaltspunkte. Aber wenn du unsere Hilfe bei irgendetwas brauchst, sind wir für dich und Ida da."

„Danke, mein Freund. Ich gehe mal schauen, ob sie fertig ist mit der Aussage, wir hören voneinander. Ciao, Flavio."

„Ciao, Sergio."

Er schaute ins Zimmer nebenan und sah, wie Ida gerade unterschrieb. Sie verließen das Kommissariat, stiegen ins Auto und fuhren in die Detektei. Während der Fahrt erzählte er ihr, dass sie nichts gefunden hätten und er immer stärker glaube, dass beide Ereignisse etwas gemeinsam hätten. Nur was? Die Teile fügten sich noch nicht zusammen.

„Hallo Jungs, was habt ihr bis jetzt, gibt es etwas, das uns weiterbringt?"

„Ciao, Ida, Sergio, nein, die Mitarbeiter sind alle sauber. Sandro versucht gerade in die Database, der Bank hineinzukommen. Er ist seit Stunden dran, hat sich mit einem Experten sozusagen in seinem Büro eingeschlossen."

„Also haben wir nichts, verdammt noch mal!"

„Es ist schon ein bisschen komplex, das Ganze, die Daten gehen zu einem Server und werden dort gespeichert, nur jemand von der Bank hat Zugang zu dem Server und wir wissen, wer. Aber während das Geld transferiert wird, werden die Daten umgeleitet und daraufhin gelöscht. Beim Kontostand sieht man dann nur das fehlende Geld. Nur, der Server löscht nichts und das ist unser Glück oder auch nicht, weil das Geld zum Konto eines Reisebüros hier in Rom geht, das nennt sich La Esmeralda. Aber es ist nicht bei der Handelskammer registriert."

„Wir knöpfen uns den bei der Bank vor, hast du seinen Namen?"

„Ja klar, der heißt Cassucci, aber du kannst da doch nicht so mir nichts, dir nichts hingehen."

„Nein, das kann ich nicht, jedoch habe ich eine Idee, Flavio kann uns behilflich sein. Ich rufe ihn an."

Sie hörte zu, wie Sergio, seine Brüder und Sandro diskutierten. Sie verstand nicht, wie es geschehen konnte, dass sich ihr Leben innerhalb von zwei Tagen in ein Chaos verwandelt hatte. Sie vermisste Gianna, ihre Freundin aus Mailand. Sie ist Sizilianerin, nach dem Studium war sie nach Mailand geflüchtet. Es war vier Jahre her, dass sie das süße Haus an Gianna verkauft hatte, es war ihr erster Auftrag in Mailand gewesen. Gianna war sofort hingerissen von dem Goldstück und wollte den Kaufvertrag noch am selben Tag unterschreiben, das entschied sie bei einem Aperitif. So entstand zwischen ihnen eine Freundschaft. In denen vergangenen Jahren war sie eine wirkliche

Freundin geworden und jetzt hätte Ida gerne gehabt, dass sie hier wäre. Sie würde ihr später über den Messenger schreiben.

„Ida, du gehst mit Roberto in deine Agentur und wir sehen uns hier um siebzehn Uhr wieder. Ich und Sandro gehen mit Flavio zur Bank."

„Aber Sergio, ich habe Außentermine, wie soll ich das denn meinen Kunden erklären, das ist doch ein Witz. Ich will keinen Personenschutz und möchte wieder zu mir nachhause."

„Erstens, Ida, wir wissen nicht, mit was für Leuten wir es hier zu tun haben, und deswegen kannst du nicht zu dir in deine Wohnung. Zweitens habe ich deinem Vater versprochen, auf dich aufzupassen. Und drittens kannst du deinen Kunden sagen, dass Roberto ein Lehrling ist und er nur zuschaut, wie das im Geschäft abläuft."

„Offensichtlich habe ich keine andere

Wahl, es ist zum Kotzen!"

Sergio hatte am Morgen Idas Vater
angerufen und ihm erzählt, was
geschehen war und dass er sich nicht
sorgen müsse, er würde auf Ida achten
und sie bei sich unterbringen. Tomaso
wollte dies sofort zurückreisen, aber
Sergio hielt ihn davon ab mit dem
Versprechen, sie zu beschützen.
Als Sergio und Sandro vor der Bank
ankamen, stand Flavio schon davor und
erwartete sie. Sie gingen hinein und
sahen auf der rechten Seite das Büro von
Cassucci. Flavio klopfte an und nach
einem „Ja, bitte herein" öffneten sie die
Tür. Cassucci saß an seinem Schreibtisch,
vor ihm befanden sich zwei Bildschirme
und an der Wand hing ein großer
Monitor.
„Guten Tag, die Herren, wie kann ich Ihnen
behilflich sein?"

„Morgen, Herr Cassucci,
Kommissar Denzi. Die zwei Männer
neben mir sind Privatdetektive. Ich
habe eine Frage: Wer von der Bank

außer Sie hat Zugang zu dem Server?"

„Ja, aber warum wollen Sie das wissen? Nur ich kann darauf zugreifen."

„Die Sache ist die, dass jemand vertrauliche Daten manipuliert, für persönliche Zwecke. Und wenn niemand Zugang hat außer Sie, Herr Cassucci, muss ich davon ausgehen, das Sie daran schuld sind."

„Ich fühle mich für nichts schuldig, weil ich nichts getan habe. Und vor allem, was ist überhaupt geschehen?"

„Es wird Geld gestohlen vom Geschäftskonto unserer Mandantin, sie und ich können Ihnen das nicht ausführlicher erklären. Aber wir konnten durch einen Experten auf den Server zugreifen. Die Frage ist, wenn Sie es nicht sind, wer dann?"

„Das ist irrwitzig, hier kommt niemand an irgendwas ran ohne Codes."

„Und wo bewahren Sie die Zugangscodes oder die Schlüsselkarte auf?"

„Hier in der Schublade, aber ich

schließe sie ab. Allerdings ist vor zwei Monaten etwas geschehen, mir war so übel, dass ich vergaß abzuschließen, ich ging sofort zum Arzt und darauf nachhause. An jenem Tag hatte mir Melissa eine Kanne Kaffee gebracht. Wenn ich daran denke, mir wurde erst nach dem Kaffee schlecht."

„Aha, und wer ist die Melissa? Arbeitet sie hier?"

„Äh, nein, sie ist die Frau von Giorgio, sie kommt manchmal vorbei und bringt etwas Leckeres für ihn und mich vorbei, er arbeitet zwei Büros weiter als Berater."

„Dann ist mir klar, was geschehen sein könnte. Herr Cassucci, danke für die Auskunft, wir kontaktieren Sie, wenn wir noch etwas wissen möchten."

Flavio hatte die richtigen Fragen gestellt. Jetzt galt es über Giorgio und Melissa weiterzuermitteln.

Er und Sandro fuhren zurück ins Büro und verabschiedeten sich von Flavio. Es war knapp siebzehn Uhr, als sie alle vier gleichzeitig dort ankamen. Sie waren der Meinung, dass der Tag lang gewesen sei und sie morgen weitermachen sollten. Daher gingen sie alle nachhause.

„Ida, magst du Lasagne? Meine Haushälterin hat eine vorbereitet, sie muss nur in den Backofen?"

„Was du hast eine Haushalthilfe! Ja, ich liebe Lasagne."

„Hm, sie kommt zweimal in der Woche und erledigt alles."

Er öffnete die Haustüre und ließ ihr den Vortritt ins Bad. Dann ging er in die Küche und nahm ein Fläschchen Bier aus dem Kühlschrank, mit dem er sich auf die Terrasse setzte. Nach einer Minute lief er wieder ins Haus, denn es fing an kühl zu werden.
Ida stand währenddessen unter der Dusche. Ein wohliger Duft von der Vanilleseife umhüllte sie. Heute Nachmittag hatte sie Gianna geschrieben und ihr erzählt, was geschehen war. Wenn es nach ihr gegangen wäre, säße sie schon

im Flugzeug. Jedoch musste sie arbeiten, sie würde versuchen, für Samstag einen Flug zu buchen, und, bis dahin waren es nur noch drei Tage. Sie würde sich ein paar Ferientage nehmen. Wie das mit Sergio weitergehen würde, wusste Ida nicht, sie sehnte sich danach, wieder in ihrer eigenen Wohnung zu leben. Nachdem sie fertig geduscht und sich abgetrocknet hatte, zog sie sich eine Jogginghose und ein Top an. Daraufhin eilte sie die Treppe hinunter, lief zur Küche und sah Sergio am Küchentresen sitzen und Zeitung lesen.

„Sergio, wenn du duschen möchtest, ich bin im Bad fertig."

Er hob das Kinn von der Zeitschrift und lächelte sie an. Sie durchfuhr einen Kribbeln und ihr Herz sagte ihr: Pass auf, du bist dabei, dich kopfüber zu verlieben, oder es ist schon geschehen. Sie schaute in seine Augen, in denen ein Leuchten zu erkennen war, blitzschnell senkte sie ihren Blick, um zu vermeiden, vor ihm dahinzuschmelzen.

Sie schob die Lasagne in den Backofen und er ging duschen. Als sie sie wieder aus dem Backofen herausnahm, erschien Sergio mit einer Rotweinflasche in der Hand, scheinbar war er vorher im Keller gewesen. Sie schnitt von der Lasagne zwei Stück für ihn und sich ab. Er öffnete den Wein und schenkte ihnen jeweils ein halbes Glas ein. Darauf setzten sie sich an den gedeckten Tisch.

„Hmmm, ist die fein, deine Haushälterin ist ein Goldstück, sie kann gut kochen."

„Ja, das kann ich nur bestätigen, ich bin heilfroh um sie, sonst würde ich mich nur von Sandwiches ernähren. Du, ich habe eine Frage an dich, kennst du eine Melissa und ihren Mann Giorgio Peso?"
„Nein, nicht dass ich wüsste, lass mich nachdenken, aber so auf Anhieb … nö, keine Ahnung, wer sind die?"

„Ich telefoniere morgen mit deinem Vater, mal schauen, ob er sie kennt."

„Und warum sollten wir sie kennen?"
„Weil es möglich ist, dass sie es sind, die

euer Geld klauen, aber sicher bin ich mir nicht. Ich suche einen Zusammenhang zwischen ihnen und dir oder deinem Vater, dann wäre es ein bisschen, einfacher zu verstehen. Dieser Casucci von der Bank hat nichts damit zu tun."

Er erzählte ihr, wie sie auf Melissa und Giorgio Peso gekommen waren und der Verdacht entstehen konnte. Nachdem sie die Lasagne mit dem Salat verputzt hatten, gingen sie mit ihren noch halbvollen Weingläsern ins Wohnzimmer. Das Sofa hatte Platz genug für beide, so dass sie sich nebeneinandersetzten. Er schaltete den Fernseher ein und sie entschieden gemeinsam, eine Comedy zu gucken. Während sie die Sendung schauten, sank Ida immer tiefer in das Sofa, ihre Augenlider wurden schwer und senkten sich. *Sie spürte weiche Lippen ihren Mund berühren, ihren Hals entlangwandern und wieder langsam hoch zu ihrem Mund. Sie hätte nur die Augen öffnen müssen und erkennen können, dass es eine Illusion war. Doch es*

gelang ihr nicht, sie empfand es als
angenehm, dennoch nahm sie einen
Atemzug und erwachte.

Sergios Lippen klebten an ihren
und jetzt hätte sie am liebsten die
Augen wieder geschlossen. Ihr
Inneres warnte sie, dies zu beenden,
doch ihr Herz konnte es nicht, es
war zu sanft, weich und schön. Sie
wollte losschreien: „Oh, das geht ja
nicht, haaaa!", aber ihr Mund war
nicht bei der Sache. Inzwischen lag
ihr Top am Boden und die Hände
von Sergio bahnten sich den Weg
zu ihren Brüsten. Augenblicklich
spürte sie eine sanfte Berührung,
gefolgt von weichen Lippen, die
ihre Brustwarzen mit der Zunge
umkreisten. Sie war nicht mehr bei
Sinnen, sie fühlte nur noch. Klar zu
denken war nicht möglich …

Sie erwachte, im Zimmer war es finster,
nur der Mond warf ein bisschen Licht
herein. Sie hatte schon einmal mit Sergio

geschlafen. Es war vor vier Jahren einmal gewesen, bevor sie nach Mailand fuhr, damals als er ihr seine Liebe gestanden hatte. Jedes Mal, wenn sich so etwas ereignete, steckte sie mitten in einem totalen Chaos.

Als sie sich umdrehte, blickte sie geradewegs in seine Augen. Und er schaute sie an, als sei sie das Wertvollste auf der Welt.

„Warum schläfst du nicht?"

„Weil ich nicht genug kriegen kann von dir. Du bist eine außerordentlich schöne Frau."

Ihr Herz macht einen Luftsprung und fing an zu klopfen. Für sie war es aus, verleugnen konnte sie sich nicht mehr, sie war verloren und im siebten Himmel.

„Ida, erzähl, was hast du in den letzten vier Jahren gemacht?"

„In Mailand habe ich weiterhin für meinen Vater gearbeitet, wie du weißt. Und sonst nicht vieles."

„Und hast du jemanden kennengelernt?"

„Ja, Gianna, eine gutherzige Freundin, aber wenn du an einen Mann denkst, nein, ich brauchte Zeit, ich musste meine Wunden lecken nach Paolo. Er hatte mir nicht nur in meinem eigenen Ehebett betrogen, sondern auch vor der Gesellschaft belogen und Unwahrheiten in die Welt gesetzt. Nämlich dass ich es sei, die ihn betrogen habe. Und die Kirsche auf der Torte kommt noch, ich hätte ihn auch aus der Wohnung geschmissen. Komischerweise war ich diejenige, die gegangen ist. Aber erzähl das mal jemandem oder probiere es unserer Gesellschaft zu erklären, das wäre vollkommen sinnlos. Deswegen bin ich von hier weggegangen, es schien mir die beste Lösung zu sein."

„Komm, Ida, schlafen wir ein bisschen, es ist schon drei Uhr morgens." Er küsste und umarmte sie und so schliefen sie ein.

Von der Sonne gekitzelt, erwachte sie, drehte sich um und fand die andere Hälfte des Bettes leer vor. Vor dem Aufstehen schaute sie noch auf dem Wecker, der halb acht zeigte, sie stand auf und eilte ins Bad. Nachdem sie dort das Wesentliche erledigt hatte, lief sie die Treppe hinunter und hörte schon auf dem Absatz Geräusche aus der Küche kommen. Er stand mit dem Rücken zu ihr neben der Kaffeemaschine. Sie schlich sich an ihn heran und küsste ihn auf den Nacken.

„Guten Morgen, Kleines. Hast du Hunger?"

„Buongiorno, Großer, hm, ein bisschen."

„Stell die Milch und die Butter auf dem Tisch, ich komme gleich mit dem Kaffee." Nachdem sie gefrühstückt, geduscht und sich angezogen hatten, fuhren sie ins Büro. Sergio ließ sie bei ihrer Agentur heraus, vor der Roberto bereits stand, und fuhr weiter zur Detektei.

Sobald er sein Büro betreten hatte, ging er an seinen Schreibtisch und schaltete den Computer ein. Während er wartete, dass dieser endlich startklar war, kam Sandro hereinspaziert. Beide suchten im Internet nach der Adresse von Giorgio und Melissa Peso.

Sergio kam es merkwürdig vor, dass keine Melissa am gleichen Wohnsitz wie Peso verzeichnet war. Wenn sie verheiratet waren, warum waren sie dann nicht zusammen eingetragen? Überzeugt davon, dass etwas an der Sache gewaltig stank, bat er Sandro, mit Cassucci von der Bank zu telefonieren. In der Zwischenzeit würde er herauszufinden versuchen, ob es noch andere Wohnsitze von Giorgio Peso gab, denn da er Melissas Nachnamen nicht kannte, konnte es schwierig werden, sie zu finden.

Cassucci konnte aber nichts darüber sagen, eine Bestätigung, dass sie verheiratet waren, hatte er nicht, er wusste bloß, dass Peso sie als seine Frau bezeichnet hatte. Es gab nur eine Sache, die er machen konnte, nämlich mit dem Standesamt zu telefonieren, um dort nachzufragen. Er wählte die Nummer und nach dem dritten Klingeln nahm eine Dame ab. Nachdem sie etwas gesucht hatte, sagte ihm die Frau, dass ein Giorgio Peso nicht verheiratet wäre und dies auch nie gewesen sei. Als er den Hörer auflegte, hatte er keine Ahnung, wie die Ermittlung weitergehen sollte. Doch plötzlich hatte er eine Idee: Durch Giorgios Ausspionieren waren sie zu Melissa gelangt, da kam die Frage auf, steckten beide dahinter oder nur sie?

Als Ida ins Büro ankam, setzte sie sich an ihren Schreibtisch, wo sie ihre,E-Mails beantwortete und die Kundentermine erledigte. Roberto saß vor ihr und spielte mit seinem Handy. Ida überredete Serena, nachhause zu gehen, da diese total erkältet und mit Fieber erschienen war. Es war knapp vor Mittag und Ida plagte der Hunger, aber sie hatte noch einiges zu erledigen, weswegen sie Roberto losschickte, in der Straße nebenan Kaffee und Sandwiches zu holen. Ihr würde in der kurzen Zeit alleine schon nichts geschehen.

Melissa setzte sich auf der Straße gegenüber mit einem Kaffee in der Hand auf eine Holzbank und beobachtete die Agentur. Diese Schlampe hatte ihren ursprünglichen Plan ganz durcheinandergebracht. Sie musste sich bald etwas einfallen lassen, um die Detektive loszuwerden. Paolo war ein Weichei, er empfand für sie nichts und als Ida ihn ertappt hatte, war es mit ihnen nach zwei Monaten schon wieder vorbei gewesen. Obschon sie ihm gegeben hatte, was er wollte, den Versautesten Sex aller Zeiten. Sie hatte drei Jahre gebraucht, um zu planen und gewisse Leuten kennenzulernen, und Giorgio war jetzt der Schlüssel zu ihren Absichten, ohne ihn würde nichts gehen. Ihr fehlte nur das Geld und danach hätte sie es geschafft, dreißigtausend Euro hatte sie bereits an sich genommen, ihr fehlten noch hunderttausend. Sie hatte zunächst das Elternhaus wieder zurückkaufen wollen, aber mittlerweile hatte sie sich anders entschieden, sie wollte sich lieber ins Ausland absetzen, hier wurde es zu riskant für sie.

Sie schaute auf die Straßenseite gegenüber und sah, dass der Detektiv das Gässchen hinunterlief. Aha, dachte sie, die Sekretärin ist gegangen, jetzt war ihre Chance gekommen, die Geduld hatte sich belohnt. Sie eilte auf die andere Straßenseite und nahm den Aufzug zum zwölften Stockwerk. Als sich die Türen öffneten, lief sie den Gang hinunter, es herrschte eine totale Stille, sie blieb vor der Bürotür stehen.

Ida hörte Schritte und dachte, dass Roberto aber schnell vom Sandwich holen wieder da sei. Sie hob daher nicht einmal den Kopf. Aber dennoch bemerkte sie im linken Blickwinkel einen Schatten vor der Tür.

   „Roberto, willst dort Wurzeln schlagen?"

„Ida, du bist so eine naive Schlampe!"
Erschrocken erhob sie den Kopf.

„Ey, was willst du denn hier, hat es dir nicht gereicht, mit Paolo ins Bett zu gehen? Oder warte mal, hat er dich etwa verlassen?"

„Ich wusste, dass du so blöd und naiv bist, jetzt erhalte ich allerdings die Bestätigung. Ich habe ihm nur gegeben, was er von dir nicht gekriegt hat, jedoch reichte es nicht aus für die große Liebe. Er ist einen Weichling, nachdem du uns erwischt hattest, sind wir noch zwei Monate zusammen gewesen."

„Um was geht es dir wirklich? Du bist doch nicht nur gekommen, um mich zu beschimpfen?"

„Du kannst dir nicht vorstellen warum, nicht wahr? Dein lieber Vater hat es dir nicht erzählt."

„Ich weiß von nichts und ich verstehe auch nicht, um was es geht und was du eigentlich von mir willst!"

„Jetzt ist es nicht die Zeit zu erzählen, dein Detektiv kommt sicher bald zurück." Melissa nahm aus ihrer Handtasche eine Handfeuerwaffe heraus und zielte damit auf Ida. „Und jetzt gehen wir, los, steh auf!"

Ida stand auf und umrundete den Schreibtisch, ohne dass die andere es sehen konnte, nahm sie ihr Handy und steckte es in die Tasche ihres Jäckchens, das sie während des Aufstehens vom Stuhl gezogen hatte. Als sie aus dem Gebäude kamen, ließ Melissa sie bis zu einem grauen Auto laufen.

„Ich verstehe dich nicht, was willst du von mir und wo gehen wir hin?"

„Halt die Klappe und steig ein!"

Ida stieg ins Auto, schließlich hatte die andere die Oberhand mit der Waffe.

„Ich werde dich nicht fesseln, aber wenn du nicht willst, dass ich einen Unfall baue, bleibst du ganz ruhig sitzen. Und ich sag dir jetzt, wo wir hinfahren: Tata! Zu deiner Wohnung, hervorragende Idee, oder? Dort sind wir ungestört und niemand ahnt, wo du bist. Bist du gerade sprachlos geworden? Ach ja, ich bin die Melissa, ich glaube, wir hatten uns gar nicht vorgestellt, als du mich mit deinem Noch-Ehemann ertappt hast."

Sie wusste nicht, was diese Frau von ihr wollte, und hinzukam, dass sie scheinbar nicht alle Tassen im Schrank hatte. Ihr würde bald eine Idee kommen müssen, wie sie Sergio einen Hinweis geben könnte, sie zu finden, wer wusste schon, was diese Wahnsinnige vorhatte.

Sie stiegen aus dem Auto und fuhren zum fünfzehnten Stockwerk, wo sich ihre Wohnung befand. Doch bevor sie aus dem Auto gestiegen waren, hatte Ida ihr Handy unter den Sitz gelegt und auf lautlos gestellt. Ihr Glück war, das Melissa für einen Augenblick vom Verkehr abgelenkt war. Leider konnte sie nicht herausspringen, es wäre zu gefährlich gewesen und diese Kuh hatte auch noch die Kindersicherung angestellt.

„Hallo, Sergio."

„Hey, ist dir langweilig, dass du anrufst!"

„Halt die Klappe und hör gut zu. Ich war schnell die Straße hinunter zur Bäckerei gelaufen, um für uns Sandwiches zu holen, während sie hier im Büro geblieben ist. Als ich jetzt zurückkam, war sie nicht mehr hier. Die Tasche liegt noch da, im Bad war sie auch nicht. Etwas ist geschehen!"

„Konnte sie nicht mit dir gehen, ich habe dir doch gesagt, sie nicht aus den Augen zu lassen. Oh Mann! Schau in der Tasche oder auf dem Schreibtisch nach, ob sie ihr Handy mitgenommen hat. Ich und Sandro haben herausgefunden, dass Melissas Nachname Gardena ist und dass Tomaso sie sehr wahrscheinlich kennt, weil Idas Vater das Haus ihrer Eltern in einer Auktion beworben hat. Wie das alles zusammenhängt, das wissen wir nicht."

„Sie trägt das Handy bei sich, hier ist nichts."

„Hoffen wir, dass Sandro es lokalisieren kann."

„Sandro, orte das Handy von Ida so schnell es geht, wenn wir Glück haben, hat sie es vor dem Entführer verstecken können."

„Roberto, ich schicke Danilo zu dir in Idas Büro, denn ich brauche dich hier. Sobald er bei dir ist, kommst du, ciao, bis dann."

„Sergio, das glaubst du nicht, sie ist in ihrer Wohnung, meine Frage ist, was macht sie verdammt noch mal dort?"

„Ich werde ihr so den Po versohlen, wenn ich dort ankomme, dass sie eine Woche lang nicht sitzen kann. Doch warte, für ihre Wohnung braucht sie einen Schlüssel!" Er nahm den Telefonhörer zur Hand und wählte die Nummer von Roberto. „Ich bin es, schau mal in ihrer Handtasche nach, ob sie den Wohnungsschlüssel mitgenommen hat.?

„Mach ich, warte, der Schlüssel ist da, warum?"

„Weil wir sie lokalisiert haben, sie ist in der Wohnung, nur wie kam sie dort hinein ohne Schlüssel, etwas ist da faul. Wir gehen hin, ist Danilo jetzt bei dir?"

„Ja, er kommt gerade hereinmarschiert."

„Also, wir treffen uns bei Idas Wohnung. Ich und Sandro fahren sofort los."

Sie hatte keine Ahnung, wie sie in ihre Wohnung kommen sollte, denn ihr Schlüsselbund lag in der Handtasche und die war im Büro. Vor der Tür nahm Melissa aus ihrer Hosentasche einen Schlüssel heraus.

Was! Wo hatte sie denn den her?

„Jaja, Ida, den habe ich anfertigen lassen, du hast es nicht gemerkt, es geschah vor drei Wochen in der Trattoria, wo du mit deinen Eltern gewesen bist. Du und Mutter seid ins Bad gegangen und habt die Handtasche am Tisch gelassen. Und dein Vater war kurz draußen, um ein Gespräch entgegenzunehmen. Es war einfach, einen Abdruck zu machen und den Schlüssel wieder in die Tasche zu legen."

Melissa betrat zusammen mit Ida die Wohnung, schloss aber hinter sich nicht ab, sie war sich anscheinend sicher, dass niemand sie hier suchen würde. Doch Ida hoffte, dass Sergio sie lokalisieren würde. Melissa trug den Laptop unter den rechten Arm geklemmt, wann sie den an sich genommen hatte, wusste Ida nicht. Sie war außerdem zu beschäftigt damit, eine Lösung zu suchen, damit Sergio sie finden konnte.

„Setz dich an den Küchentisch, hier ist es gemütlicher."

Sie setzten sich nebeneinander. Melissa stellte das Notebook vor sich und schaltete es ein. Dann nahm sie aus ihre Hosentasche ein Stück Papier, auf dem Kontodaten standen.

„Also, jetzt wirst du mir auf mein Konto hunderttausend Euro überweisen."

„Ich besitze doch gar nicht so viel Geld."

„Ach, Liebes, aber dein Papa schon, schließlich war es ihm auch egal, ob ich ein Haus hatte oder nicht, als er es bei der

Auktion gekauft hat. Weißt du, ich habe ihn damals gebeten, es ihm wieder abkaufen zu dürfen, in Raten. Und seine Worte dazu waren: Du musst froh sein, dass es überhaupt verkauft wurde. Dein Vater hat dir genug Schulden hinterlassen, dass du es mir in Raten nicht zurückzahlen könntest. Und jetzt nehme ich mir, was mir gehört, obschon ich das Haus meiner Eltern nicht mehr will. Ich werde ins Ausland gehen und dort ein Häuschen kaufen."

„Dann warst du die, die in meine Wohnung das Dossier geklaut hat?"

„Ja, du hast die Kontonummer geändert, da musste ich handeln."

„Und warum bist du danach bei mir eingebrochen?"

„Ich musste dich beschäftigen, aber ich hatte nicht gedacht, dass du gerade Privatdetektive angeheuert hattest. Und als eine ganze Mannschaft auf der Bank erschien, um mich ausfindig zu machen, musste ich schnell handeln. Deswegen sind wir hier. Es geht mir aber zu langsam, kann nur bis eine gewisse Summe jeden Monat überweisen?"

„Und was ist mit Paolo? Steckt er auch dahinter?"

„Du fragst zu viel! Dieses Weichei würde niemals mitmachen. Und Giorgio ist ein Goldschatz, ich habe als seine liebevolle Freundin einen Grund, zur Bank zu gehen, und freien Eintritt ins Büro."

Sergio, Sandro und Roberto kamen vor dem Wohngebäude von Ida an. Sandro lokalisierte das Handy und tatsächlich befand es sich in einem grauen Auto in einer Nebenstraße. Er fragte sich, wie er am besten in die Wohnung von Ida kommen könnte, ohne dass diejenigen, die sie festhielten, ihn bemerkten.
Sie fuhren alle drei bis zum fünfzehnten Stockwerk zu Idas Wohnung. Als die Aufzugtüren sich öffneten, gingen sie auf Zehenspitzen bis zur Tür des Apartments. Sie lauschten, hörten eine Frauenstimme, konnten aber nicht verstehen, was sie

genau sagte. Sergio schaute sich das Türschloss an und entdeckte, dass gar nicht abgeschlossen war.

Sandro schob unter dem Türschlitz eine Sonde mit einer Kamera hindurch. Direkt am Eingang hielt sich niemand auf, also konnte sie hineingehen. Das einzige Risiko bestand darin, sofort zu erwischt zu werden, daher verlängerte Sandro das Kabel der Sonde, um mehr zu sehen. Eine Wand trennte das Wohnzimmer von der Küche und das würde für sie ein gutes Versteck sein, um sich größere Klarheit zu verschaffen für ihr weiteres Handeln. Sandro blieb vor der Wohnung zurück, während Roberto und Sergio hineingingen und sich langsam zur Wand Voranschlichen. Sergio guckte nach rechts und sah, dass nur zwei Personen anwesend waren, die am Küchentisch saßen. Die eine hatte eine Handfeuerwaffe auf Ida gerichtet. Und seine Kleine saß da mit einem Laptop vor der Nase. Er hörte Melissa sagen: „Mach schon!"

Zum Glück schien die Sonne nicht mehr,

die ihre Spiegelbilder auf den Küchenscheiben reflektiert hätte. So konnten sie den Überraschungseffekt nutzen.

Roberto ging nach rechts hinter Ida und Sergio nach links hinter Melissa. Als diese konzentriert auf den Bildschirm schaute, machte er ein Sprung nach vorn und hielt ihr die 38er Sig an den Hals.

„Nimm die Waffe runter, wenn du nicht ein Loch in den Kopf willst!" Roberto schubste Ida vom Tisch zurück, während Sergio Melissa die 45er Remington wegnahm und sie festhielt, bis Sandro mit den Handschellen kam. Sergio telefonierte daraufhin mit Flavio, damit dieser Melissa holte und in Gewahrsam nahm.

„Geht es dir gut, Ida?"

„Ja, es ist alles in Ordnung, nichts passiert, aber bin froh, dass ihr diese Wahnsinnige wegbringt. Und das Geld ist auch noch da. Was meint ihr, gehen wir etwas essen und trinken, dann erzähl ich euch von Melissa."

„Ida, du sprichst uns aus der Seele,

wir sind am Verhungern und
Verdursten." Flavio kam mit zwei
Polizisten, die Melissa festnahmen,
danach ging er mit ihnen zum
Restaurant. Und Danilo kam auch
dazu. Als sie endlich die Bestellung
beim Keller aufgegeben hatten, sah
Ida, dass alle fünf vor Spannung fast
platzten.

„Komm schon, Ida, erzähl!"

„Es fängt damit an, dass mein Vater bei
einer Versteigerung ein Haus gekauft
hatte. Es war für ihn ein gutes Geschäft,
das sich in den folgenden Jahren nicht
wiederholte. Deswegen kam es mir
wieder in den Sinn, als Melissa es
erwähnte. Melissas Mutter starb an Krebs.
Ihr Vater hat sich danach dem Alkohol
ergeben und brachte in Spielcasinos sein
ganzes Geld durch. Doch als ihr Papa
zwei Jahre später ebenfalls verstarb,
musste Melissa sich entscheiden:
Entweder nahm sie den Schmuck ihrer
Mama zusammen mit den Schulden oder
sie verlor das Einzige, was ihr von ihr

geblieben war. Sie entschied sich für den Schmuck und einen Berg Schulden. Das Haus wurde sofort zwangsversteigert. Sie ging darauf zu meinem Vater und wollte es ihm abkaufen, indem sie es auf Raten bezahlen würde wie eine Miete. Aber er lehnte dies ab, weil er wusste, dass er das Geld er nie sehen würde. Sie schnappte sich danach meinen Exmann Paolo, aber der Plan ging nicht auf. Er wollte nur seinen Spaß mit ihr und fühlte nichts für sie. Doch drei Jahre später lernte sie Giorgio kennen und konnte ihr Glück kaum fassen. Als seine Freundin hatte sie Eintritt in die Bank und zu den Büros, während sie ihn besuchte. In der Zwischenzeit hatte sie sich Informatikkenntnisse angeeignet. Ihr Plan war, das Haus, in dem sie aufgewachsen war, zu kaufen, doch sie fand dies im Nachhinein riskant und wollte lieber mit unserem Geld ins Ausland. Das ist alles, was ich weiß."

„Und warum ist sie in deine Wohnung eingebrochen?"

„Ja, Sandro, sie brauchte die neuen Bankdaten, denn ich hatte, nachdem die erste Geldsumme verschwunden war, die Kontonummer gewechselt. Aber das erste Mal kam sie mit dem Schlüssel hinein und das zweite Mal wollte sie mir nur etwas hinterlassen, um mich zu beschäftigen, damit ich nicht darüber nachdachte, wer die Konten plünderte. Den Schlüssel hatte sie mir aus der Handtasche genommen und davon einen Abdruck gemacht, als ich mit meinen Eltern in einem Restaurant war vor drei Wochen."

„Und was machst du jetzt, Ida, bleibst du hier in Rom?"

„Im Moment ja, schließlich kommen meine Eltern Ende nächste Woche von ihrer Geschäftsreise zurück. Und am Samstag kommt mich Gianna, eine Freundin aus Mailand, besuchen. Und weil ich keiner Gefahr mehr ausgesetzt bin, kann ich jetzt wieder in meine Wohnung zurückgehen."

Sie schaute Sergio in die Augen und sah
an seinem Gesichtsausdruck, dass er
nicht gerade erfreut über ihre Aussage
war. Jedoch brauchte sie Zeit, um sich
Klarheit zu verschaffen, in ihrem
zerwühlten Herzen. Und das konnte sie
nur alleine mit sich regeln.

„Ida, bist du einverstanden, wenn du
diese Nacht bei mir verbringst und
ich dich morgen, bevor ich ins Büro
fahre, bei dir zuhause absetze?"

„Ja, sicher, auch deswegen, weil
ich alles, was ich brauche, bei dir
habe." Nach dem Essen
verabschiedeten sie sich. Ida lud
alle für Sonntag zum
Mittagessen zu sich nachhause ein. Dann
verließen sie und Sergio das Restaurant
und fuhren mit dem Wagen zu seinem
Haus. Im Auto herrschte Todesstille, er
würdigte sie keines Blickes. Für Ida
wurde dies bald zu anstrengend und sie
konnte nicht anders, als mit ihm zu
sprechen.

„Hör mal, bist über irgendetwas

erbost, dass du mir nicht in die Augen schaust?"

„Ich kann jetzt nicht quatschen, bin am Fahren, ich weiß auch gar nicht, worüber wir sprechen sollten, du hast ja schon entschieden für mich und dich!"

„Das ist nicht wahr, ich brauche ein bisschen Zeit für mich und meine Seele."

„Aber du denkst nur an dich und meine Gefühle, wo bleiben die denn? Willst du wieder zurück nach Mailand oder suchst du nur einen Grund, um nicht hier zu leben, und brauchst dafür Zeit?"
„Du verstehst es falsch, ich benötige ein bisschen Zeit für mich, aber das heißt nicht, dass ich nach Mailand gehe, zumindest vorerst nicht. Mit uns ging es so schnell, ich muss mir über vieles klar werden, auch über meine Gefühle."

„Ida, das kannst du mir doch nicht erzählen, ich glaube, du hast Angst, eine Beziehung aufzubauen, aber es sind nicht alle Männer so wie Paolo."
Sie gab es auf, er hatte kein Verständnis dafür. Eine Beziehung mit ihm unter

diesen Voraussetzungen konnte nur in einer Katastrophe enden.

Sie kamen vor dem Haus an. Als er die Haustüre öffnete, wollte sie sofort in ihr Zimmer gehen, aber er hielt sie mit einem Kuss davon ab.

„Komm, trinken wir ein Glas Rotwein zusammen."

Sie setzten sich ins Wohnzimmer, er nahm aus der Vitrine Gläser und ging in die Küche, um die Weinflasche zu holen. Er erzählte ihr, dass er sie die ganzen Jahre über vermisst habe und dass er sich ein Leben mit einer anderen Frau nicht vorstellen könne. Es wurde zwei Uhr morgens und sie hatten eine ganze Flasche Wein vertilgt. Die Müdigkeit machte sich bemerkbar, deswegen gingen sie zu Bett.

Er erwachte und hörte das Wasser im Bad laufen. Ida war unter der Dusche. Mit geschlossenen Augen stellte er sich ihren kurvigen, geschmeidigen, nassen Körper vor. Nein, halt! Er

öffnete sofort die Augen, sonst hätte er
für nichts mehr garantieren können, er
hätte seinen Hunger stillen müssen
und wäre auch in der Lage gewesen,
sie sofort in sein Bett zu schleppen.
Daher entschied er sich, lieber einen
anderen Hunger zu stillen, und stand
auf.

Als er zum Kleiderschrank ging und
sich eine saubere Jeans und ein
T-Shirt herausnahm, hörte er, wie das
Wasser im Bad abgestellt wurde. Er
beeilte sich mit dem Anziehen und
bevor er die Treppe hinunterlief,
machte er noch einen kurzen
Abstecher ins Bad. Als er in die
Küche kam, stand sie schon vor der
Kaffeemaschine und er sah, wie sie
gerade den Knopf drückte, um sie
einzuschalten.

„Guten Morgen, Kleine."

„Morgen, hast du eine
Schmerztablette? Mein Kopf zerplatzt
bald. Wie viel haben wir denn gestern
getrunken?"

„Eine ganze Flasche. Ich gehe ins Bad, die Tablette holen, aber trink bitte auch Wasser."

Er übergab ihr das Medikament und nahm den Espresso, den sie für ihn zubereitet hatte. Danach frühstückten sie.

Sie stiegen ins Auto und Sergio brachte Ida nachhause. Während der Fahrt war die Luft zum Zerbersten angespannt, offenbar akzeptierte er ihre Entscheidung, dass sie ein bisschen Zeit brauche, um sich Klarheit zu verschaffen, über ihre Gefühle, nicht. In der Straße neben ihrer Wohnung parkte er und ließ sie aussteigen.

„Also, Sergio, bis Sonntag zum Mittagessen und danke für das nachhause fahren."

„Gern geschehen, Ida, ja, bis Sonntag, genieße die Zeit mit deiner Freundin."

Sie ging zum Eingang, fuhr bis zum fünfzehnten Stockwerk und betrat ihre Wohnung. Sie machte sich sofort an die Arbeit, putzte ein bisschen und bezog das

Bett im Gästezimmer für ihre Freundin Gianna. Dann warf sie ein paar Kleider in die Waschmaschine und fuhr mit dem Auto zum Supermarkt.

Als sie wieder zuhause war, räumte sie das Eingekaufte ein, nahm die saubere Wäsche heraus und hängte sie auf. Dann bemerkte sie, dass es schon kurz nach Mittag war, worauf sie entschied, im Restaurant zu essen.

Sie lief die Gasse hinunter, das Lokal lag nicht weit weg von ihr in der Mitte von Rom. Ein bisschen laufen musste sie schon, aber sie bereute es nicht, zumindest konnte sie so die letzten Sonnenstrahlen genießen. Sie kam am Trevi-Brunnen vorbei und warf eine Münze hinein, wodurch man sich der Sage nach etwas wünschen darf, das dann in Erfüllung geht. Nach ein paar Schritten erreichte sie die Trattoria und nahm Platz auf der Terrasse. Die Tischdecken wirkten mit ihrem weiß-roten Muster richtig ländlich. Sie bestellte sich Nudeln mit Meeresfrüchten und einen Salat.

Während sie bezahlte, trank sie einen
Espresso und danach machte sie sich
auf den Weg nachhause.

Sergio saß am Schreibtisch und spielte
mit seinem Handy, sie hatten momentan
keinen Auftrag. Er vermisste sie schon
jetzt. Er hätte gut nachhause gehen
können, denn man brauchte ihn nicht in
der Privatdetektei. Er hatte sich zu schnell
daran gewöhnt, sie bei sich zu haben. Er
hoffte, dass sie nicht für immer nach
Mailand gehen würde, sondern mit ihm
hier zusammenbliebe und sie heiratete. Er
brauchte nicht lange darüber
nachzudenken. Er wollte keine andere
Frau in seinem Leben außer diesem
kleinen Biest.

Ida erwachte und spürte ein eigenartiges
Gefühl im Magen, sie konnte es sich nicht
richtig erklären. Aber vielleicht war es die
Freude darüber, dass Gianna kam. Sie
würde um zehn Uhr am Flugplatz

Fiumicino ankommen, jetzt war es schon acht, deswegen schlüpfte sie aus dem Bett und ging sofort unter die Dusche, ohne vorher ein Kaffee zu nehmen.

Sie war bereit zu gehen und Schaute auf die Uhr, es war Viertel vor neun und sie hatte noch Zeit, einen Espresso zu sich zu nehmen, daher schaltete sie die Kaffeemaschine ein. Während sie trank, klingelte es an der Tür. Sie fragte sich, wer es sein könnte, ah, möglicherweise ihre Nachbarin, die entweder Zucker oder Milch ausleihen wollte. Sie öffnete die Haustür und vor ihr stand ein junger Mann, etwa in ihrem Alter. Ach nein, schon wieder einer, der ihr etwas verkaufen wollte.

„Hören Sie, ich habe keine Zeit und ich kaufe nichts. Daher verabschiede ich mich von Ihnen, ich muss meine Freundin vom Flughafen abholen."

„Nein! Du hörst mir zu, du kleine Schlampe!" Ihr lief ein Schauer den Rücken hinab.

„Wer bist du, ich kenne dich nicht, was

willst du von mir."

„Das sage ich dir früh genug, aber du möchtest sicherlich nicht, dass deine Nachbarn alles hören und sich noch wegen dir in Gefahr bringen? Daher lass mich rein. Ich glaube, ich muss dich ein bisschen überzeugen."

Er nahm aus seinem Hosenbund am Rücken eine Handfeuerwaffe und richtete diese auf Ida. Ihr blieb keine Wahl, als ihn hereinzulassen. Doch prompt kam ihr eine Idee, die aber nicht ganz risikolos war. Sie schlug die Tür, die noch einen Spalt offen war, mit Nachdruck zu und verriegelte sie in Sekundenschnelle. Geschafft! Sehr wahrscheinlich hatte er nicht einmal begriffen, was gerade geschehen war, denn es kam ziemlich unerwartet. Jedoch konnte sie jetzt Gianna nicht mehr abholen. Aber zum Glück war sie in Sicherheit. Sie brauchte Hilfe. Sie nahm das Handy und wählte die Nummer von Sergio.

Sie erzählte ihm, was geschehen war, und er machte sich sofort auf den Weg zu ihr.

Er schickte gleichzeitig Sandro los, um Gianna am Flughafen abzuholen. Doch der kannte diese nicht und so verschickte Ida mit dem Handy ein Foto von ihr an Sergio, das dieser an Sandro weiterleitete. Dann schlich sie langsam zur Tür und horchte, ob der Mann noch davor stand. Sie schaute sie durch den Türspion und sah niemanden, aber sie fragte sich, wer dieser Kerl wohl gewesen sei und was er von ihr wollte. Ihr kam der Verdacht, dass es Melissas Freund Giorgio sein könnte. Sie nahm ihr Handy und suchte die Seite der Bank, meistens zeigten die ja Fotos von ihren Beratern. Und tatsächlich fand sie ein Bild von dem Mann an der Tür. Vielleicht hatte Melissa ihn geschickt.

Es klingelte, das war sicherlich Sergio. Sie schaute durch den Spion, bevor sie aufmachte. Als sie ihn erkannte, öffnete sie und ließ ihn herein.

„Gehen wir in die Küche, magst du einen Kaffee?"

„Ja, gern. Hast du diesen Kerl jemals vorher gesehen oder eine Ahnung, was er von dir wollte?"

„Mir kam ein Verdacht und ich habe im Internet bei der Bank nachgeschaut, und du glaubst es nicht, es ist der Freund von Melissa. Jedoch was er von mir wollte, weiß ich nicht, außer sie hat ihn zu mir geschickt, um das Geld zu holen oder mir Angst einzujagen."

„Ja, das könnte gut sein, ich habe aber niemanden gesehen, als ich zu dir gekommen bin."

Es klingelte an der Tür und Sergio ging aufmachen. Es waren Sandro und Gianna.

„Hallo, ihr beiden."Gianna lief gleich zu Ida hinüber.

„Hey, Ida, was machst du nur für Sachen, geht es dir jetzt gut?"

„Ja, und du, hast den Flug gut überstanden?"

„Ja, alles bestens. Sandro hat mich schon aufgeklärt."

„Komm, ich zeig dir dein Zimmer, du kannst dort die Koffer abstellen."

„Wer mag von euch ein Bier? Ich habe heute Morgen ein paar in den Kühlschrank gestellt, oder möchtet ihr lieber einen Kaffee?"

Sie nahmen alle vier ein Bier und setzten sie sich ins Wohnzimmer. Sergio wirkte nachdenklich, während Sandro und Gianna über einen Film plauderten. Sergio wandte sich an Sandro.

„Wir sollten zu diesem Giorgio Peso gehen und mal mit ihm sprechen, nicht dass er noch mal vor Idas Tür steht."

„Und du meinst, der würde auf uns hören?"

„Hm, mit treffenden Argumenten, glaub ich schon. Komm, Sandro, gehen wir, und ihr zwei passt auf euch auf, wenn etwas ist, auch das Kleinste, ruft an, okay? Also bis morgen Mittag, das Dessert bringe ich mit."

„Ja, okay, ciao, ihr beiden."

Sie gingen hinaus und Ida schloss hinter ihnen ab.

„Gianna, du willst dich sicher frisch machen, ich zeig dir das Bad und in der

Zwischenzeit bereite ich das Mittagessen zu, was meinst du?"

„Ja, das ist super, ich gehe kurz ins Bad und helfe dir nachher."

Sergio ließ den Motor an und manövrierte das Auto aus dem Parkplatz. Sandro saß neben ihm.
„Ich glaube, es ist zu früh, um Peso zu besuchen, er wird noch in der Bank sein. Weißt du was, lass uns eine Kleinigkeit essen und danach gehen wir zu ihm."
„Hm, ja, ich denke auch, dass wir ihn nicht zuhause antreffen würden. Auch ich habe Hunger und mit leerem Magen geht gar nichts bei mir."
„Ich habe gesehen, dass du auf Gianna ein Auge geworfen hast, ich wette, du hast die Frau deines Lebens gefunden?" Sergio zwinkerte ihm zu. „Komm, sag schon!"
„Ach, Sergio, du übertreibst mal wieder. Ja klar, sie gefällt mir, sehr sogar, aber ob sie fürs Leben ist, das weiß ich noch nicht. Oh, hey, heute ist Samstag, bei der Bank

arbeiten sie gar nicht, gehen wir aber trotzdem vorher etwas essen."

„Sandro, du weichst vom Thema ab, tataaa! Und sie gefällt dir doch, morgen kannst du eure Bekanntschaft vertiefen."

„Du bist einfach nicht zu retten, aber ich freue mich darauf, sie wiederzusehen." Nachdem sie beide eine Pizza vertilgt hatten, machten sie sich auf den Weg zu Pesos Wohnung.

Währenddessen saßen Ida und Gianna am Tisch und aßen Nudeln mit Tomatensauce und Hackfleischbällchen, dazu einen grünen Salat. Ida berichtete Gianna über Melissa und das, was sonst noch alles Geschehen war.

„Du, Gianna, ich habe vorhin gemerkt, dass dir Sandro gefällt."

„Ach je, Ida, du bist ungeheuerlich, aber ja, er ist schon mein Typ und ich mag ihn."

„Was meinst du, Gianna, wollen wir später einen Spaziergang durch Rom machen und in der Trattoria das Nachtessen zu uns nehmen?"

„Hm, eine grandiose Idee, ich freue mich schon jetzt."

Sie räumten die Küche auf und Gianna ging in ihr Zimmer, um sich auszuruhen und ein Buch zu lesen. Ida tat das Gleiche.

Sergio parkte das Auto vor dem Haus von Peso. Beide stiegen aus und er klingelte an der Tür. Er drückte ein zweites und ein drittes Mal die Klingel und wollte gerade aufgeben, als geöffnet wurde. Vor ihnen stand ein versoffener Giorgio. Sergio und Sandro waren sich einig, dass es nichts bringen würde, in diesem Zustand mit ihm zu sprechen. Sie gingen aber trotzdem hinein und Sergio setzte Giorgio unter die Dusche, während Sandro ihm einen schwarzen Kaffee zubereitete. Als er wieder einigermaßen nüchtern war, versuchten sie ihn in ein Gespräch zu verwickeln und dazu zu zwingen, Ida in Ruhe zu lassen. Peso versprach es, aber

Sergio mit seiner sehr guten Menschenkenntnis glaubte ihm nicht. Nach zwei Stunden gingen sie, sechzig Minuten davon hatten sie damit verbracht, ihn wieder auf Trab zu bringen. Sergio stieg in seinen Wagen und Sandro setzte sich neben ihm. Er lenkte das Auto auf die Straße.

„Ida, was meinst du, welches Kleid steht mir am besten, das rote oder das schwarze?"

„Hm, zeig mal her, halt sie neben dich. Ja, die sehen beide gut bei dir aus, na ja, ich würde das schwarze nehmen."

„Okay, dann dieses."

Sie waren bereit für den Ausgang, Ida nahm noch das Handy von der Küchentheke und dann verließen sie die Wohnung. Sie kamen auf der Piazza Navona an und schlenderten in der Nähe von Campo dei Fiori über den Markt.

„Hey, Gianna, gehen wir einen Kaffee trinken? Die Füße tun mir weh!"

„Ja, meine auch und diese Schuhe

machen es mir nicht leichter."

In der ersten Kaffeebar, die sie sahen,
setzten sie sich nach draußen, es schien
noch die Sonne und war angenehm
warm. Nach dem Espresso gingen sie
weiter auf Shoppingtour. Ida kaufte sie
sich eine Tasche und Gianna neue
Schuhe, die sehr wahrscheinlich auch
weh tun würden. Es war schon zwanzig
vor acht und sie machten sich auf dem
Weg zum Restaurant.

„Sergio, hast du noch Bier oder soll ich
welches aus dem Supermarkt holen, bevor
er schließt?"

„Nein, ich habe noch zwei Kisten im
Keller stehen, ich hatte nur vergessen, ein
paar Flaschen davon in den Kühlschrank zu
stellen. Hier, stell sie mal ins Kühlfach,
Sandro, im schlimmsten Fall tun wir
Eiswürfel hinein, wenn sie zu warm sind."

„Hm, hast du den neune Krimifilm
gefunden?"

„Ja, habe ich, wann kommen deine

Brüder?"

Sergio schaute auf die Uhr an seinem Handgelenk, es war kurz vor halb acht.

„Sie sagten, sie würden etwa um Viertel vor da sein, sie müssen noch etwas erledigen."

„Ida, was nimmst du? Mich reizen die Reishackfleischbällchen."

„Du, die habe ich auch schon lange nicht mehr gegessen. Und dazu ein gemischter Salat und Calamari."

„Ich nehme das Gleiche."

Sie gaben die Bestellung auf und in der Zwischenzeit, während sie auf das Essen warteten, gönnten sie sich einen Prosecco.

„Also auf uns, Ida."

„Ja, Gianna, auf uns, Salute."

„Sag mal, Ida, ich habe gesehen, dass Sergio total in dich vernarrt ist, wenn er dich anschaut, glänzen seine Augen. Und, läuft zwischen euch was?"

„Ja … äh, nein."

„Das musst du mir erklären, entweder ja oder nein, etwas dazwischen gibt es nicht."

„Oh Mann, Gianna!"

„Das bin ich nicht, Ida, aber es geht um einen solchen."

Also, wie soll ich es sagen, ich kenne Sergio von früher, unsere Eltern sind Nachbarn gewesen und schon damals war er in mich verliebt und das ist er immer noch. Er möchte eine Beziehung mit mir und wir sind uns diese Woche nähergekommen."

Als der Keller mit den Speisen kam, hätten sie am liebsten sofort hineingebissen.

„Oh, hm, ist das fein."

„Hm, ja, du sagst es."

Als sie alles vertilgt hatten und völlig satt waren, nahmen sie jede noch einen Limoncello, um zu verdauen.

„Gianna, ich gehe kurz auf die Toilette, bestellst du mir inzwischen einen Espresso?"

„Ja klar, willst du noch etwas Süßes dazu?"

„Uh, hm, ja, ein Stückchen Tiramisu, bis gleich."

Ida lief den Gang entlang und öffnete die Tür zur Toilette. Sie schloss hinter sich ab und hörte während des Erledigens, wie die Tür aufging und jemand hereinkam. Sie spülte, entriegelte die Tür und ging hinaus. Aber in diesem Augenblick wurde sie gepackt und jemand drückte ihr ein stinkendes Tuch unter die Nase. Plötzlich sah sie nichts mehr, nur noch ein schwarzer Schleier umhüllte sie. *Wo bist du, Sergio? Wo bin ich, warum kann ich nicht aufwachen!*

Gianna hatte den Kaffee und das Tiramisu bestellt. Nach zehn Minuten machte sie sich langsam Sorgen um ihre Freundin und ging zur Toilette, um nachzuschauen. Vielleicht ist ihr übel, dachte sie, sie hat wirklich viel gegessen. Als sie die Toilette betrat, war dort keine Spur von

Ida. Wo ist sie denn hin, ist ja eigenartig, sie würde doch nicht verschwinden, ohne es ihr zu sagen. Ihr wurde langsam speiübel. Sie eilte wieder hinaus und lief die andere Seite des Gangs entlang zu zwei Türen, von denen die eine in das Büro führte und die zweite sehr wahrscheinlich zur Garderobe. Weiter hinten war eine Ausgangstüre, sie drückte deren Klinke und ging auf den Parkplatz, aber weit und breit war keine Ida zu sehen. Sie lief wieder den ganzen Weg zurück zu ihrem Tisch und betete dabei, dass sie dort sitzen würde.

 Sie kam zu ihrem Tisch, doch auch dort gab es keine Spur von Ida. Sie musste mit Sergio telefonieren und ihn um Hilfe bitten. Aber sie hatte seine Nummer nicht. Sie schaute um sich und da sah sie Idas Tasche, die über der Stuhllehne hing. Sie nahm das Handy heraus und hoffte, dass es nicht mit einem Code verriegelt sei. Juchhu, es war keiner nötig, sie suchte die Nummer und wählte.

„Hallo, Ida, geht es dir gut?", meldete sich Sergio.

„Nein, ich bin nicht Ida, hier ist Gianna. Wir sind in diesem Restaurant essen gewesen und Ida ist, nachdem wir gespeist hatten, auf die Toilette gegangen und ich dachte, vielleicht ist ihr übel, denn wir hatten viel gegessen. Nach über zehn Minuten habe ich nachgeschaut, doch sie war nirgendwo auffindbar. Ich weiß nicht, was los ist, aber das ist nicht Ida, die mich hier sitzen lässt und nicht einmal ihre Tasche mitnimmt."

„Gianna, bleib ruhig, wir kommen dich holen, wir finden sie. Da steckt sicher dieses Stück Scheiße von Peso dahinter, wenn ich den kriege, sieht er danach wie ein Hamburger aus."

„Okay, Sergio, ich bleibe hier im Restaurant."

„Ja, wir sind schon unterwegs."

„Ciao, Gianna, komm, gehen wir, hast du schon bezahlt, sonst erledigen wir das für dich."

„Ich habe es bereits beglichen."

„Hör zu, Gianna, du gehst mit Danilo zu mir und wir suchen Giorgio Peso auf, ich glaube, der hat etwas damit zu tun und dass er Ida entführt hat. Ich war heute Nachmittag für ihn offenbar nicht überzeugend genug."

„Ja, aber ich will mitkommen, sie ist meine Freundin und du kannst mich davon nicht abhalten."

„Ich verstehe dich, Gianna, aber versuch auch uns zu verstehen, die Zeit läuft uns davon und wir wissen nicht, was er vorhat. Und wir möchten nicht verantwortlich sein, wenn dir etwas geschieht, wir können nicht auf dich auch noch aufpassen."

„Hm, du hast Recht, es ist egoistisch von mir, ich mach mir um sie ungeheuerliche Sorgen und habe Angst, aber ich werde mit Danilo mitgehen. Sag uns aber Bescheid, sobald du etwas mehr weißt."

„Ja klar, Danilo ist sowieso in Kontakt mit uns."

„Bringt sie mir nur nachhause."

„Da kannst du drauf wetten, ich liebe sie."

Sie erwachte und hatte einen trockenen Mund, vorsichtig öffnete sie die Augen und schaute sich um. Die Vorhänge waren zugezogen, sie lag in einem Bett, das sie nicht kannte und das nicht ihres war, neben war ein Nachtisch, darauf eine Tischlampe. Was war geschehen? Sie gab sich Mühe, sich zu erinnern. Ihr kam in den Sinn, dass sie mit Gianna im Restaurant gewesen war und sie viel gegessen hatten, daraufhin war sie zur Toilette gegangen und danach war ihr schwarz vor Augen geworden.
Sie schaute um sich, sie war nicht angebunden. Langsam setzte sie sich hin und versuchte aufzustehen. Sie schaltete das Nachtischlämpchen ein. Ein Bein nach dem anderen setzte sie auf, ein bisschen wackelig war sie dabei noch. Sie kam zu der Annahme, dass sie ihr mit dem Tuch ein Schlafmittel verabreicht

hatten.

Sie lief langsam bis zur Tür und lauscht dort, ob Geräusche oder Stimmen zu hören waren, doch nichts, es herrschte Todesstille. Sie versuchte, leise die Tür zu öffnen. Nein! Sie war verschlossen, Sie schaute wieder um sich und sah in der anderen Ecke des Zimmers eine zweite Tür, sie ging hin und wurde sofort wieder enttäuscht, es war das Badezimmer.

„Also fahren wir zu Peso und schauen nach, ob er zuhause ist. Sandro, schalt mal das Radio an, sonst schlafen wir bald ein." Sie hielten fünf Meter entfernt von Pesos Haus, jedoch so, dass sie es noch einsehen konnten. Roberto nahm das Fernglas und guckte hinüber. Im Radio kamen gerade die lokalen Nachrichten.

„Und, ist er zuhause? Ich sehe das Licht brennen."

„Das Wohnzimmer ist beleuchtet, doch er ist dort nirgendwo."

„Oh, schau, das Licht in der Küche ist

eingeschaltet worden.“

„Und was macht er?“

„Er nimmt sich gerade aus dem Küchenschrank ein Glas und schenkt sich Rotwein ein, den er aus dem Kühlschrank genommen hat. Jetzt läuft er ins Wohnzimmer, setzt sich in einen Sessel und nimmt sein Handy zur Hand.“

„Sandro, stell das Abhörgerät ein.“

Sergio hatte am Nachmittag, als er und Sandro bei Peso gewesen waren, unter dem Couchtisch im Wohnzimmer eine Abhörwanze befestigt. Und das kam ihnen jetzt zugute, um Ida ausfindig zu machen und vor allem, um zu erfahren, wo er sie festhielt.

„Er telefoniert mit Melissa, die ist doch im Gefängnis, es kann nicht sein, dass es noch eine andere Melissa gibt.“

„Nein, das glaube ich nicht, aber ich frage mich, wie kann sie mit ihm telefonieren? Ich ruf mal Flavio an, hör weiter zu, was er sagt, vielleicht wissen wir dann etwas mehr."

„Sorry, dass ich dich störe, Flavio, schläfst
du schon?"

„Ich weiß nicht du, aber um ein Uhr
morgens schlafen die Leute
normalerweise. Dennoch, wie kann ich
dir helfen?"

„Es geht um Ida, sie ist entführt worden,
wir wissen nicht, von wem, aber wir
vermuten, es war Peso. Die Sache ist die,
heute Nachmittag sind wir zu ihm
gegangen und haben mit ihm
gesprochen, dass er Ida in Ruhe lassen
soll, und haben dabei eine Abhörwanze
bei ihm gesetzt. Wir hören ihn gerade ab.
Er spricht mit einer Melissa, jetzt ist die
Frage, ist es die Gardena, die ist doch im
Gefängnis, oder weißt du etwas, was wir
nicht wissen?"

„Oh scheiße, mich hat heute Nachmittag
der Direktor des Gefängnisses angerufen
und mir mitgeteilt, dass Melissa
ausgebrochen sei. Sie hatte über
Magenschmerzen geklagt und sie haben

sie in den Krankenpflegeraum gebracht, um sie danach ins Krankenhaus zu fahren. Und als die Sanitäter kamen, konnte sie flüchten. Es tut mir leid, ich hatte wirklich vergessen, es dir zu sagen, ich war übermüdet und bin dann am frühen Nachmittag ins Bett gegangen und habe die ganze Nacht gearbeitet. Ich ziehe mich an und komme rüber, schick mir die Adresse. Soll ich ein paar Männer mitbringen?"

„Du, ich weiß noch nicht, wo Ida ist, aber nimm Alessio mit, so können wir eine Gruppe bilden und sie suchen, sobald wir wissen, wo sich Melissa aufhält."

„Okay, wir sind auf dem Weg zu euch, bis gleich."

„Okay, ciao."

In Sergios Handy klickte es, Flavio hatte aufgelegt.

„Roberto, Sandro, habt ihr etwas herausgefunden?"

„Nein, sie sprechen darüber, dass sie

bald heiraten werden und nach
Spanien auswandern wollen."
„Wisst ihr was, ortet mal das Handy
von Peso, vielleicht finden wir heraus,
wo sich Melissa versteckt."
„Ich habe es nicht genau gesehen, aber im
oberen Stockwerk brennt Licht und er ist
da unten im Wohnzimmer. Die Vorhänge
waren vorher zugezogen und jetzt sind sie
es nicht mehr."

Als Ida aufwachte, war es schon dunkel
im Zimmer, sie hatte aber vorher das
Nachtischlämpchen eingeschaltet
gehabt. Die Türen gingen nicht auf, die
einzige offene führte ins Bad, aber das
Zimmer kam ihr trotz des Lichts der
Lampe dunkel vor. Dann bemerkte sie
die dunkelblauen Gardinen und lief zum
Fenster. Sie zog sie zurück und sah, dass
draußen alles pechschwarz war, sie hatte
keine Ahnung, nicht einmal einen
Anhaltspunkt, wo sie sich befand. Das
Fenster ging auf, aber einfach
loszuschreien, würde auch nichts

bringen, wer würde sie denn schon hören?

Sie stand noch eine Weile am Fenster, dachte an Sergio und hoffte, dass er sie finden würde. Tief in ihrem Herzen liebte sie ihn, das war ihr in den letzten Tagen klar geworden. Sie wollte ihn in die Arme nehmen – oder war ihre Zeit schon abgelaufen und sie würde bald sterben? Hey, Ida, hör mal damit auf, er wird dich schon finden, denk ja nicht an so etwas. Ob sie Kinder kriegen würden? Hm, na ja, sie wollte eine richtige Familie mit zwei Kindern und einem Hund.

Sie hatte Durst, auf dem Nachtisch fand sie ein Fläschchen Wasser und trank einen Schluck daraus. Dann schaute sie wieder aus dem Fenster.

„Hey Roberto, siehst du etwas?"

„Oh ja, etwas bewegt sich dort oben, eine Frau, dem Schatten nach zu urteilen, sie schaut nach draußen. Oh mein Gott, das ist ja Ida, sie ist dort oben eingesperrt!"

„Warten wir, bis Flavio und Alessio kommen und dann werden wir eingreifen. Sandro, haben die beiden noch etwas herausbekommen?"

„Ja, sie sprechen gerade mit der Tante von Melissa, die in ein Pflegeheim muss und deren Haus zum Verkauf steht, es befindet sich ein Stück außerhalb der Stadt."
„Ich such mal die Tante auf, dann wissen wir, wo ihr Haus steht und damit möglicherweise auch, wo Melissa sich aufhält."

„Gianna, möchtest du eine Tasse Tee, ich mache gerade eine für mich."

„Ja, gern, Danilo. Hast du in der Zwischenzeit, während ich eingenickt bin, etwas von Sergio gehört?"
„Nein, es ist erst eine Stunde vergangen, ich werde ihn anrufen, wenn ich den Tee zubereitet habe. Was möchtest du für eine Teesorte, es gibt Obst-, Pfefferminz- und Schwarztee?"
„Oh, äh, Früchtetee, danke."

Er gab ihr die heiße Tasse, nahm sein Handy und stellte es auf laut, damit Gianna mithören konnte. Dann wählte er die Nummer, gleichzeitig rührte er in seinem Tee.

„Sergio, wisst ihr, wo sich Ida befindet?"

„Sie ist im Haus von Peso und Melissa ist aus dem Gefängnis ausgebrochen. Wir suchen ihren Aufenthaltsort, sie war gerade am Telefon mit Peso. Bald kommt Verstärkung durch Flavio und Alessio. Danilo, Gianna, ich muss auflegen, wir hören uns später."

„Okay, ciao, bring uns Ida zurück."

„Ich setzte alles daran, sie wiederzuhaben."

„Ich sehe, dass ein Taxi vor dem Haus hält, jetzt steigt jemand aus, ich glaubs ja nicht, es ist Melissa."

„Sandro, such nicht mehr nach der Adresse der Tante, sie ist hier, schalte das Hörgerät wieder ein."

„Sie öffnet die Haustür, sie hat einen Schlüssel!"

„Oh Mann, habt ihr uns erschreckt, habt ihr nicht gelernt zu klopfen, Flavio, Alessio?"

„Jungs, wie sieht die Lage aus?"

„Melissa ist eben mit einem Taxi gekommen und wir können sie jetzt abhören – seid still, sie sprechen gerade, hoffentlich wissen wir nachher mehr."

Sie hörten mit, wie eine Stimme sagte: „Hm, Schatz, ich habe Jinko kontaktiert, er wird morgen hier sein. Das Geld müssen wir vor sieben Uhr von ihr überweisen lassen. Er wird sich ein bisschen mit ihr beschäftigen, bevor sie ins Jenseits befördert wird. Aber dann werden wir schon über alle Berge sein." „Das ist ja krass, wir müssen sie vor dem Morgengrauen herausholen, im Moment brauchen wir einen Plan, wie wir vorgehen werden."

„Giorgio hast du ihr genug Schlafmittel

verabreicht? Ich hab vielleicht einen Hunger! Schiebst du mir eine Tiefkühlpizza in den Backofen?"

„Ja, mach ich, Melissa möchtest du ein Glas Wein dazu?"

„Hm, ja gerne, danke, Schatz."

„Guck mal hier, diese kleine Tür geht möglicherweise in den Keller, von dort aus können wir vielleicht ins Haus gelangen."

„Steckt euch die Muschel ins Ohr, sie funktioniert wie ein Funkgerät, so bleiben wir alle in Kontakt."

Sie stiegen alle außer Sandro aus dem Wagen, Sergio und Flavio schlichen bis zur Kellertür, brachen leise den Zylinder auf und öffneten die Tür. Die Taschenlampe beleuchtete das Nötigste, sie liefen die sechsstufige Treppe nach oben und kamen an eine weitere Tür. Sergio drückte leise die Klinke herunter und öffnete die Tür einen Spalt weit.

„Roberto, hörst du uns, wir sind hier drin, wie weit seid ihr?"

„Wir sind vor der Terrassentür, sie halten sich im Wohnzimmer auf, schauen fern und essen eine Pizza."

„Also, wir gehen ins obere Stockwerk und suchen Ida dort. Und ihr nehmt die beiden fest und legt sie in Handschellen."

„Halt, Sergio! Melissa verlässt soeben das Wohnzimmer."

„Ja, wir sehen sie, wir sind hinter der Wand zur Treppe, sie läuft nach oben. Ich gehe ihr hinterher. Und wo ist Peso?"

„Er ist noch im Wohnzimmer."

„Brecht die Terrassentür auf und legt ihm Handschellen an. Sie geht ins Bad, sobald sie wieder herauskommt, nimmt Flavio sie fest, ich gehe währenddessen Ida holen, in einem von den vier Zimmern muss sie sein." Sergio schaut, in den ersten zwei Zimmern und da war sie nicht, Flavio stand noch positioniert vor dem Bad und wartete, dass sie herauskam. Er wollte die dritte Tür öffnen, aber sie war verschlossen. Wie

könnte er sie öffnen? Er schaute sich um
und sah neben sich auf dem
Beistelltischchen einen Schlüssel
liegen …

Sie war eingeschlafen, aber ein
Geräusch weckte sie, jemand
versuchte die Tür zu, öffnen. Sie
erinnerte sich wieder an alles, sie war
hier eingesperrt. Die Tür machte ein
Geräusch und ein Schauer überlief sie.
Vor ihr stand Sergio. Er hob sie auf
und sie schlang ihre Arme um ihn.
  „Flavio, öffne die Tür, die zu diesem
Zimmer führt, ich sehe ihren Schatten."
Plötzlich ertönte eine harte weibliche
Stimme.

  „Tataa! Oh, der größte Retter aller
Zeiten ist da, Hände hoch, du Held! Wirf
die Handfeuerwaffe zu mir rüber, sofort!"
„Leg die Waffe auf den Fußboden Melissa,
es ist vorbei."

  „Niemals."

Flavio schlich sich leise hinter Melissa

und streckte sie mit einem Schlag zu Boden, dann legte er ihr sofort Handschellen an.

„Zum Glück ist es vorbei."

„Komm, Ida, ich trage dich die Treppe hinunter."

„Sergio, geh du mit Ida nachhause, wir erledigen den Rest hier."

„Gibt jemand Danilo Bescheid, dass wir unterwegs sind? Flavio, kannst du uns fahren, ich habe kein Auto hier, wir sind alle mit dem Geländewagen gekommen und die Jungs müssen damit auch heim."

„Ja, ich bringe euch, habe sowieso den gleichen Weg. Sie kommen hier auch allein zurecht, ich bin müde, habe kaum acht Sunden hintereinander geschlafen in den letzten vierundzwanzig Stunden."

„Ida, wie geht es dir? Ich trage dich bis zum Wagen, du bist ganz schön wackelig auf den Beinen."

„Ich bin müde, möchte schlafen."

„Ich weiß, das ist noch die Wirkung des Schlafmittels, das sie dir verabreicht haben."

„Danilo, ich bring sie nach oben, machst
du einen Tee für uns?"

„Gianna, es geht ihr gut, sie ist noch ein
bisschen betäubt. Ich lasse ihr ein Bad ein
und danach lege ich sie schlafen. Trink
einen warmen Tee und geh auch ins Bett,
wir sind alle müde."

„Ida, setz dich auf den Stuhl, ich gehe ins
Bad und lasse Wasser in die Badewanne
ein."

Er streute Badesalz ins warme Wasser und
ging dann wieder ins Schlafzimmer, um ihr
beim Ausziehen zu helfen. Dann trug er sie
ins Bad und setzte sie in die Wanne.

„Ist es in Ordnung, wenn ich dich wasche,
du bist viel zu erschöpft dazu."

„Ja, ich verlange es sogar, ich möchte
schließlich zwei Kinder und einen Wauzi
von dir."

„Hahaha, bist du dir sicher mit dem, was
du da sagst?"

„Total, vorgestern ist es mir bewusst

geworden, ich liebe dich, wollte es aber einfach nicht wahrhaben."

„Also zwei Kinder und auch einen Hund, sonst noch einen Wunsch, meine Kleine."

„Nein, ich glaube, ich überfordere dich genug damit."

„Du freches Biest, warte mal, bis es dir wieder besser geht, dann werde ich dich so durchkitzeln, dass du mich um Gnade anbettelst."
„Da musst du mich erst kriegen."

„Unglaublich, immer das letzte Wort, aber deswegen liebe ich dich."

„Leg dich ins Bett, ich gehe nach unten, den Tee holen."

Er ging in die Küche, nahm den Krug und schenkt den Tee ein, den Danilo vorbereitet hatte. Dann lief er die Treppe hoch zum Schlafzimmer von Ida.

Es war schon Mittag, Ida neben ihm schlief noch. Er zog sich an und ging in die Küche hinunter. Das ganze Haus war in Stille gehüllt. Er schaltete die

Kaffeemaschine ein und während sie lief, nahm er aus dem oberen Schrank eine kleine Kaffeetasse heraus. Dann drückte er den Knopf und eine heiße schwarze Brühe strömte heraus. Nachdem er seinen Espresso getrunken hatte, nahm er Eier, Käse und Speck aus dem Kühlschrank.

Gianna und Danilo kamen in die Küche. „Morgen, Sergio."

„Gut geschlafen, ihr beiden."

„Ja, ich war so durch, dass ich sofort einschlief."

„Und du Danilo konntest schlafen?"

„Ja ich auch bin sofort eingeschlafen." Beide fragten Sergio nach Ida.

„Und Ida, schläft sie noch?"

„Ja, ich wecke sie, wenn ich das Frühstück vorbereitet habe."

„Sergio, ich mach das, geh nur zu ihr und kommt beide in zwanzig Minuten wieder herunter."

Danilo zu Gianna;

„Ich helf ihr dabei."

„Okay, danke, ihr beiden, dann geh ich zu ihr."

Er nahm zwei Stufen auf einmal, es ging ihm gar nicht schnell genug, dass er wieder bei ihr sein konnte. Als er die Zimmertür öffnete, sah er, wie sie erwachte, vor sich hin blinzelte und sich reckte.

„Guten Morgen, Kleines, wie geht es dir?"

„Hm, beträchtlich gut, aber noch besser würde es mir gehen, wenn ich ein Kuss von dir kriegte."

„Komm her, meine kleine Süße."

Ida leckte sich die Finger ab;

„Gianna, der Eierpfannkuchen ist fein."

„Danke, Ida, Danilo hat mir dabei geholfen, sie zu machen."

„Schade, wisst ihr heute, solltet ihr ja bei mir essen, aber es wird sich sicherlich noch einmal die Gelegenheit dazu geben." Sergio

seufzt vor sich hin und wendet sich
Ida zu.

„Ja, Schatz, mach dir Sorgen, ich
nehme an, du wirst nicht mehr nach
Mailand gehen." Ida machte einen
seltsames, Geräusch es ähnelt einen
wiehern eines Pferdes und sofort
ging es in einem lautes, Lachen
hinüber.

„Du Schuft! Was denkst du, dass ich eine
Fernbeziehung möchte? Und Kinder
kommen auch nicht aus dem Nichts, dazu
muss man eben doch noch etwas mehr
machen, hehehe."

„Ah ja, dann bin ich ja beruhigt, hehehe."
Gianna und Danilo spitzten die Ohren.

„Du, Danilo, ich glaube, wir haben etwas
verpasst, wollt ihr zusammen sein, seit
wann?"

„Mir ist bewusst geworden, dass
ich ihn liebe und er auch mich,
warum sollen wir es nicht
versuchen?"

„Du hast Recht, Ida, ich muss euch
auch etwas gestehen, ich habe mich in

Sandro verliebt. Und da ich nicht an einer Fernbeziehung interessiert bin, werde ich mich hier in Rom niederlassen, auch deswegen, weil alles, was ich will, hier ist."

„Oh, das ist ja super, ich könnte nichts anderes wünschen."

„So, meine Lieben, ich werd mal zu Roberto gehen, wir schauen uns einen Film an, ich nehme an, du bleibst hier, Sergio?"Fragt ihm Danilo;

„Ja klar, ich und Ida haben viel nachzuholen."

„Und ich gehe mit Sandro ins Kino und danach etwas essen."

Danilo und Gianna verabschieden sie sich, hatten beide jeweils etwas vor am Nachmittag;

„Okay, dann wünsche ich euch beiden viel Vergnügen."
Sie blinzelten ihr zu und wünschten ihr das Gleiche.

Ida und Sergio gingen ins Wohnzimmer

und kuschelten sich neben den Kamin.

„Und wo bist du mit deinen Gedanken?"

„Bei unseren Eltern, was werden sie dazu sagen, dass wir zusammen sind."

„Ich glaube nichts, Ida, sie werden darüber froh sein."

„Hm, das vermute ich auch."

„Nächste Woche kommen deine Eltern zurück. Was meinst du, wollen wir sie zu mir zum Essen einladen, zum Beispiel übernächstes Wochenende?"
„Das ist eine ausgezeichnete Idee. Du siehst ein bisschen schlapp aus, heute wirds, glaube nichts mit Babymachen."

„Was! Warte, dass ich dich ins Bett kriege, dann wirst du sehen, wie schlapp ich bin."

„Oh, davor musst du mich aber noch zu fassen kriegen, eeehhh."

„Na warte, du kleines Biest."

„Ist dir möglicherweise die Puste ausgegangen?"

„Ida, jetzt hab ich dich, wo ich dich
haben wollte, nämlich in meinem Bett."
Er küsste sie und sie glaubte auf Wolke
sieben zu schweben. Sie hatte gefunden,
was sie in ihrem Leben gesucht hatte,
nämlich die wahre Liebe.

Mein Dankeschön.

Geht am Verlag, BoD - Books on Demand, Herr Oliver Behrens der mir ein Licht gezeigt hat, und seine Ratschläge gerne angenommen habe. Und auch die dabei beigetragen haben, es zu veröffentlichen, alle die mir in dieser Zeit beigestanden sind.

Und du ja genau du liebe Leserin. Wenn du auf diese letzte Seite angekommen bist heißt das du meine Novelle gelesen hast. Und hoffe, dass es dir die Geschichte gefallen hat.

Eure Luisa

Folge mir auf Facebook.

Herstellung und Verlag:
BoD- Books on Demand, Norderstedt
© Luisa Pepe
ISBN: 978-3-7519-1719-3

FSC
www.fsc.org

MIX

Papier aus ver-
antwortungsvollen
Quellen
Paper from
responsible sources

FSC® C105338